石川　透　編

室町物語影印叢刊15

花鳥風月

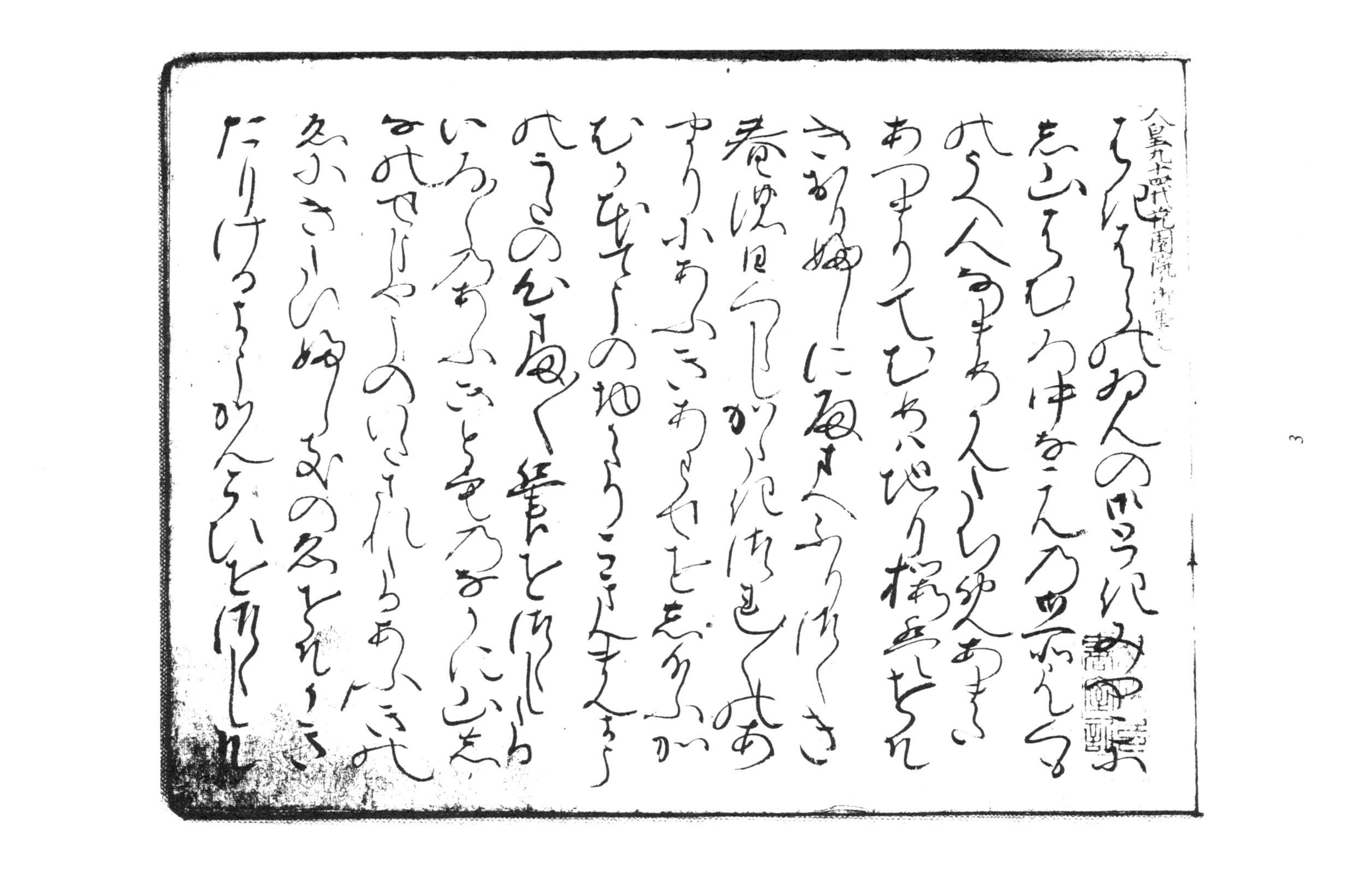

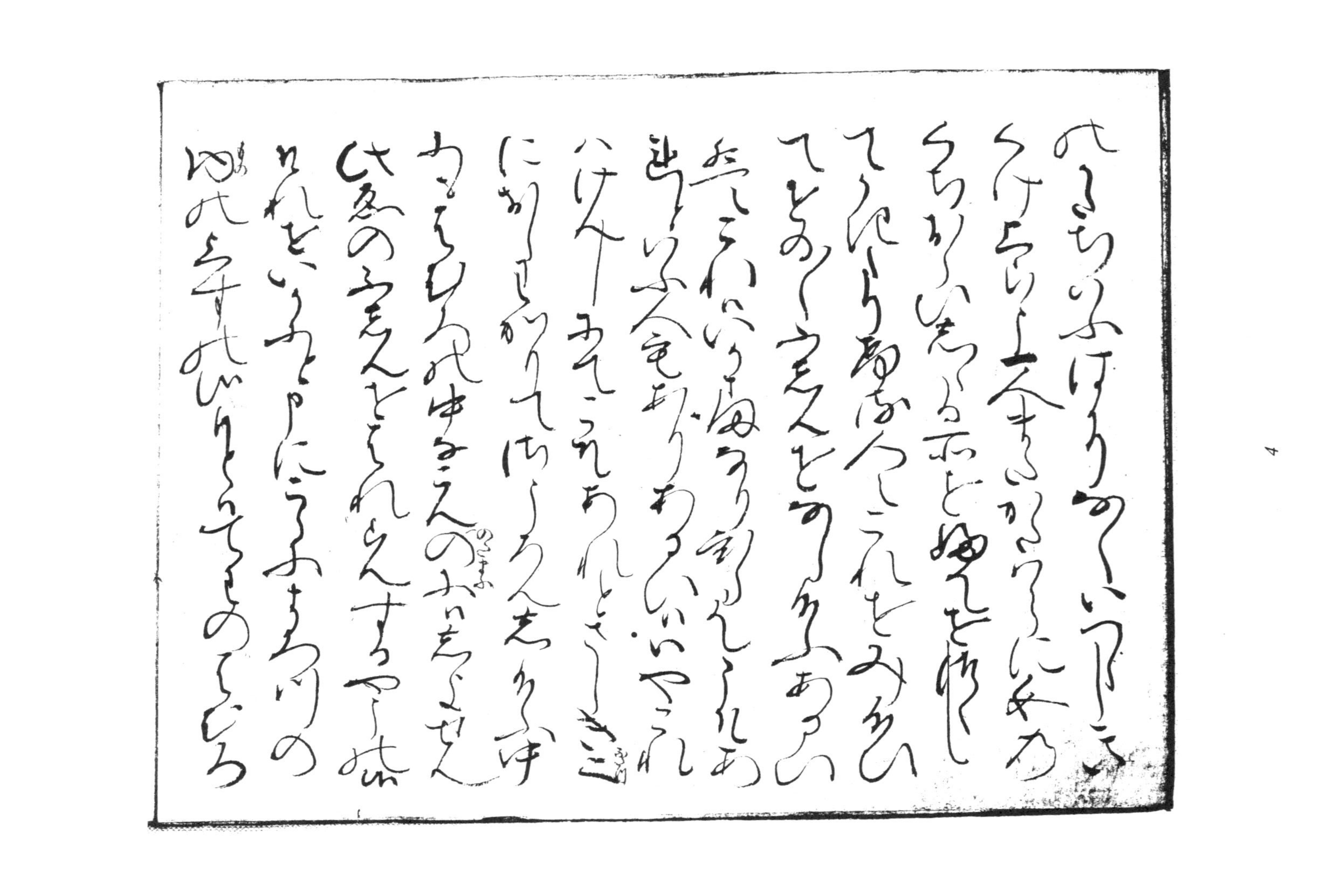

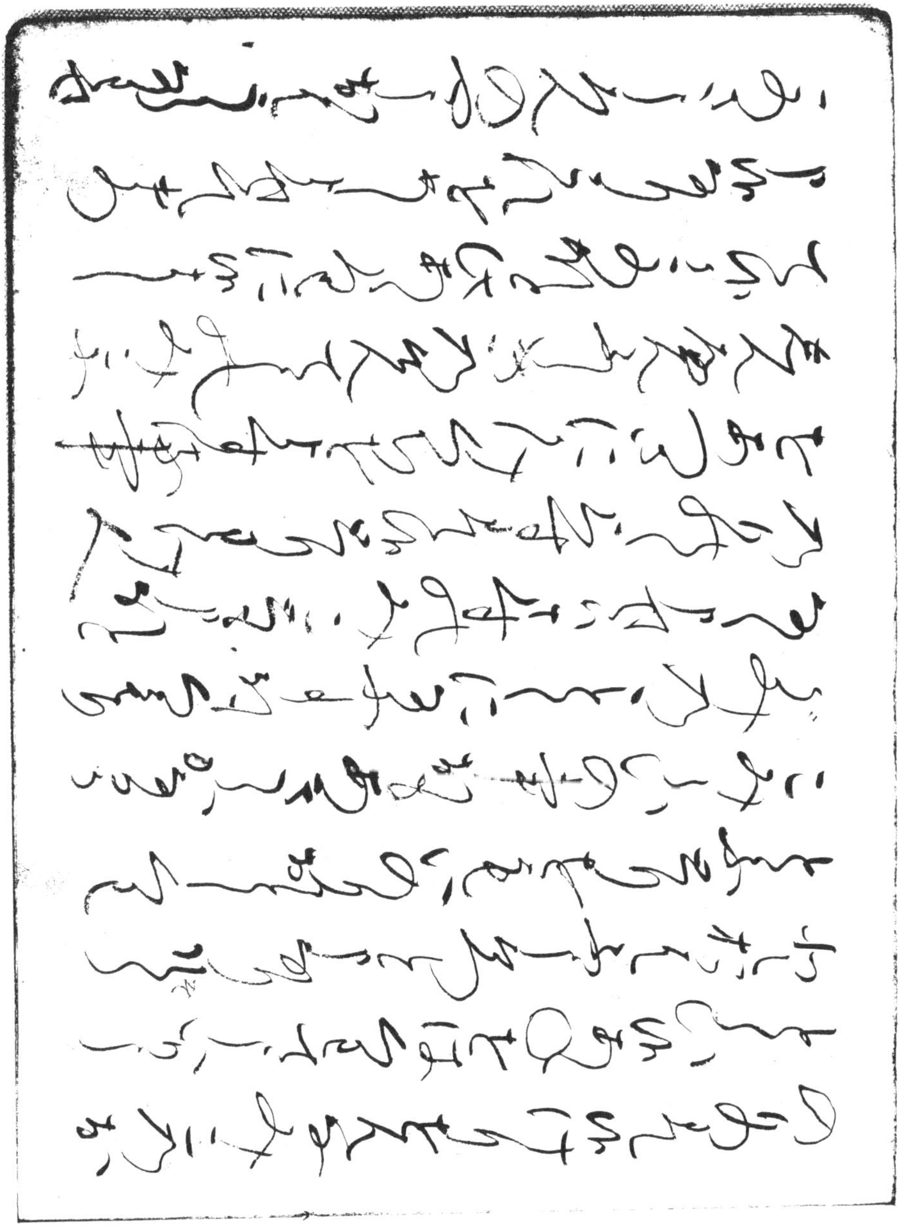

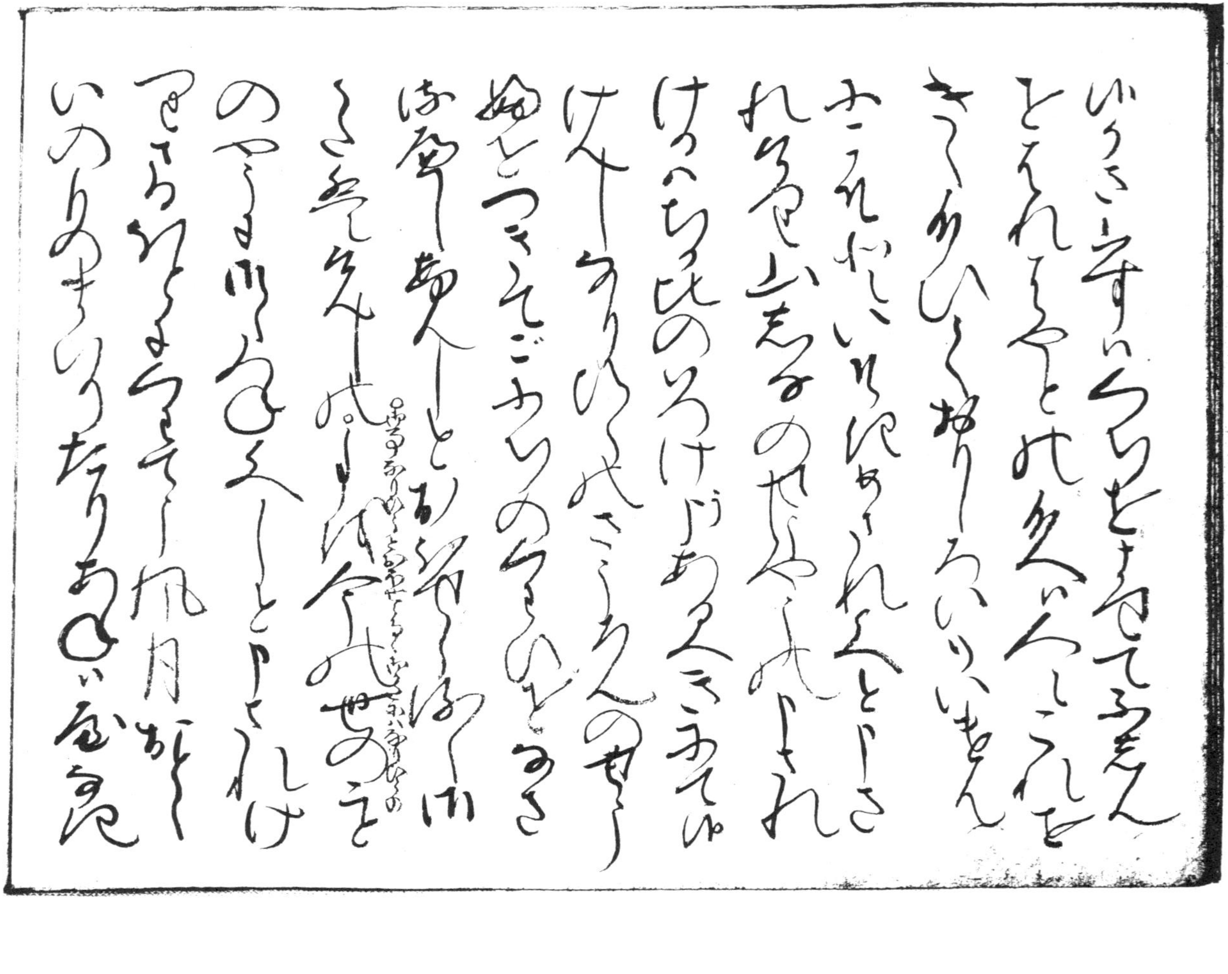

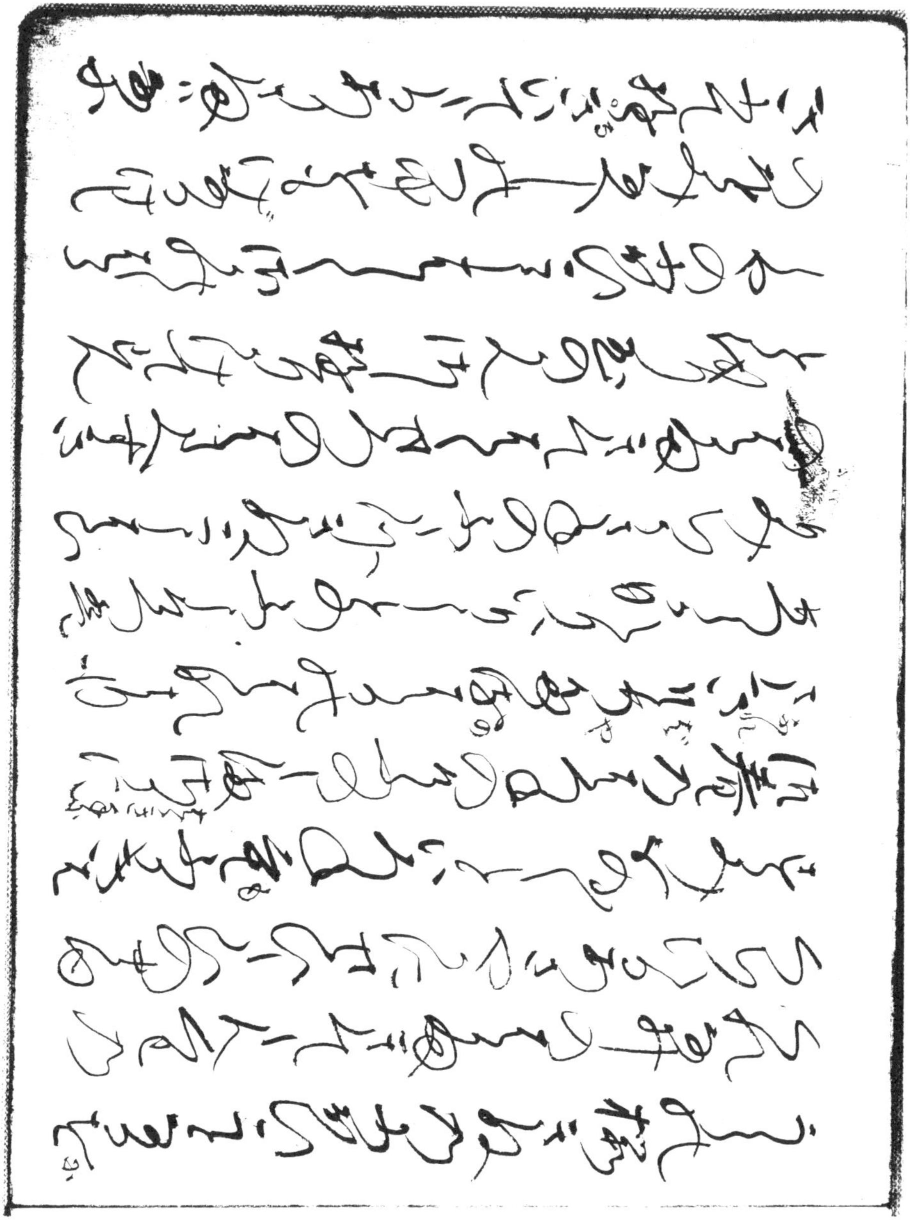

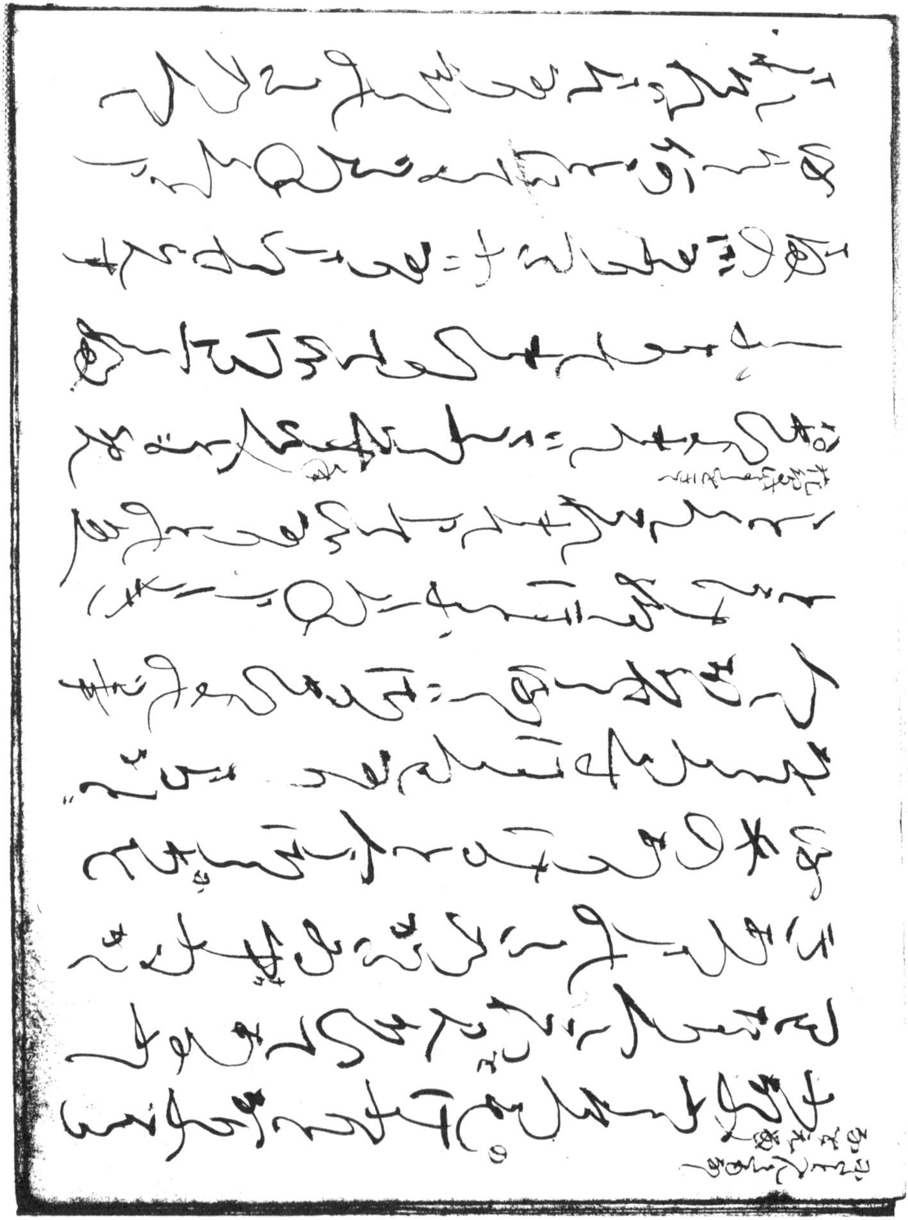

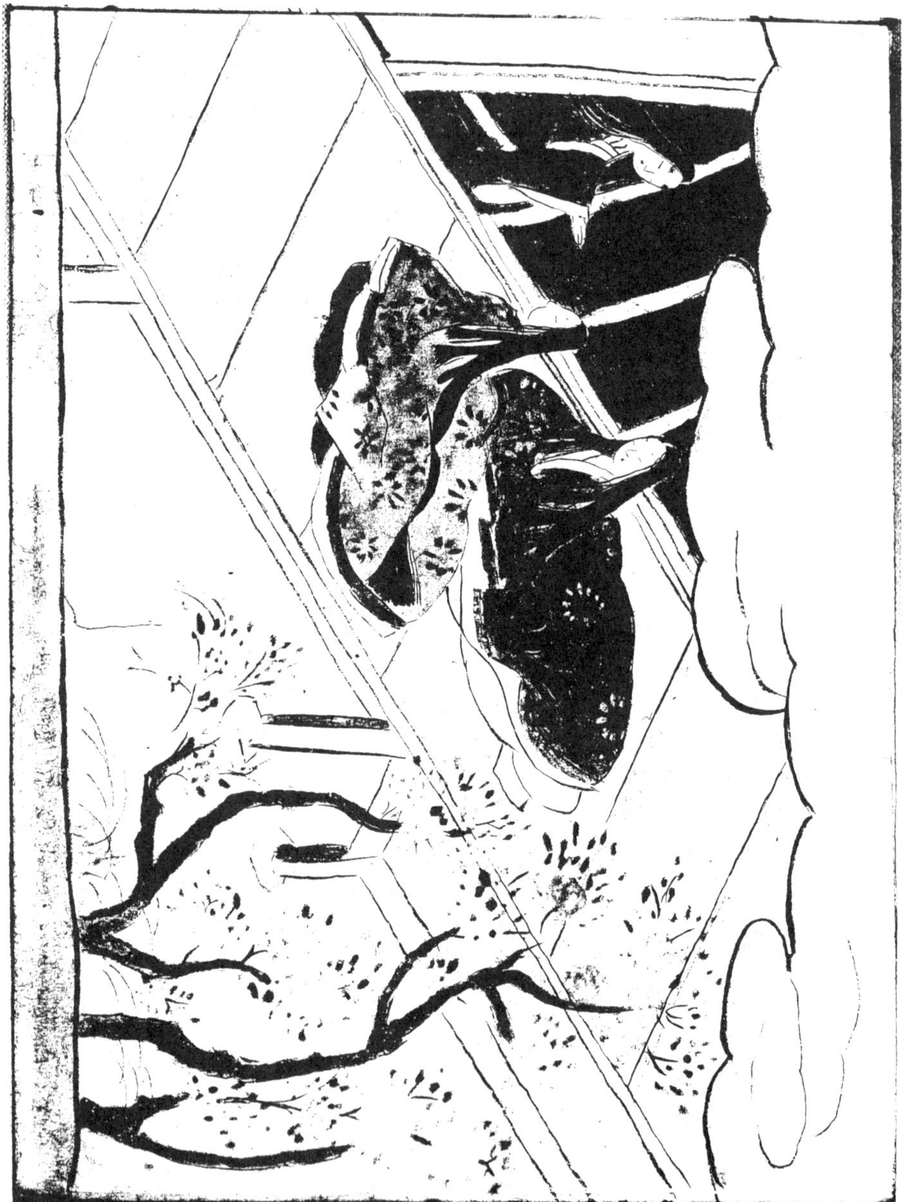

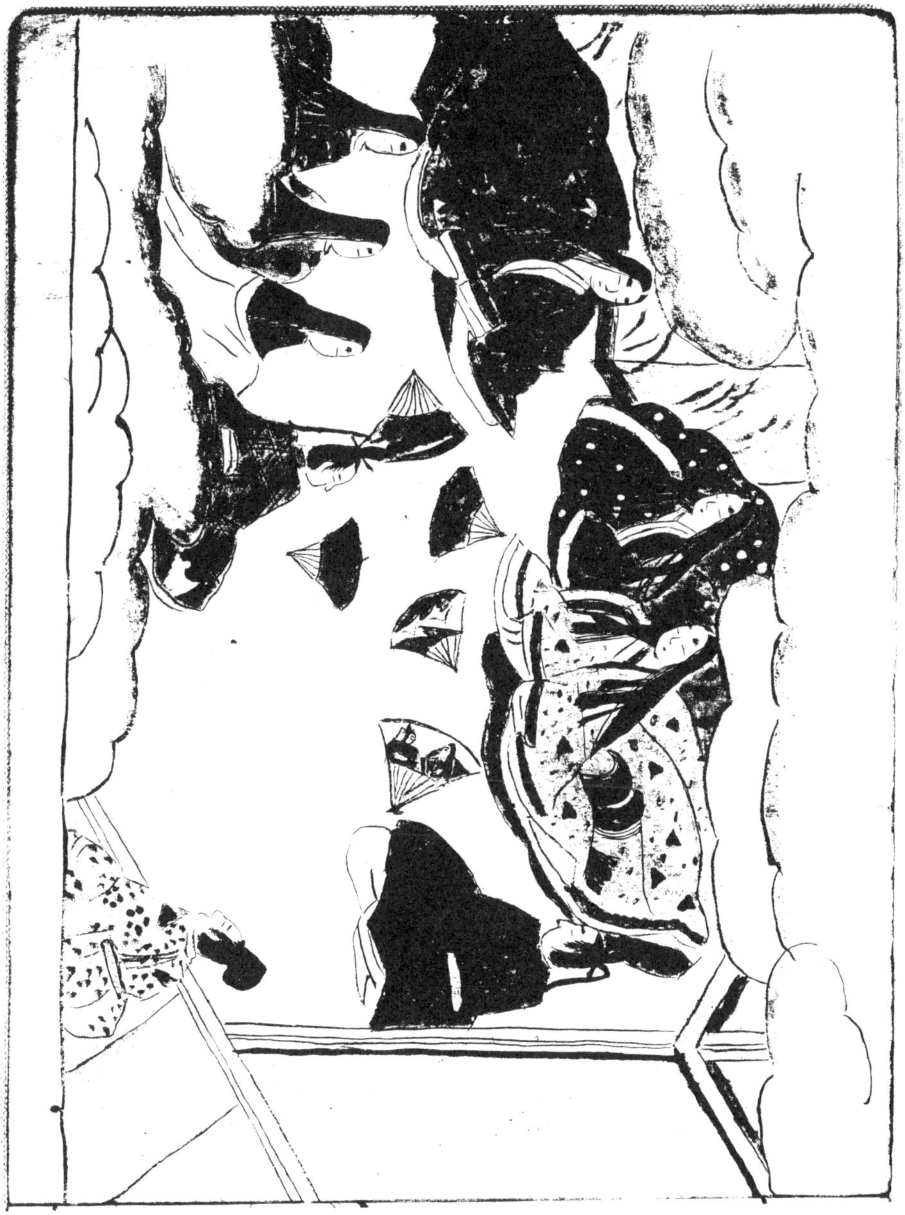

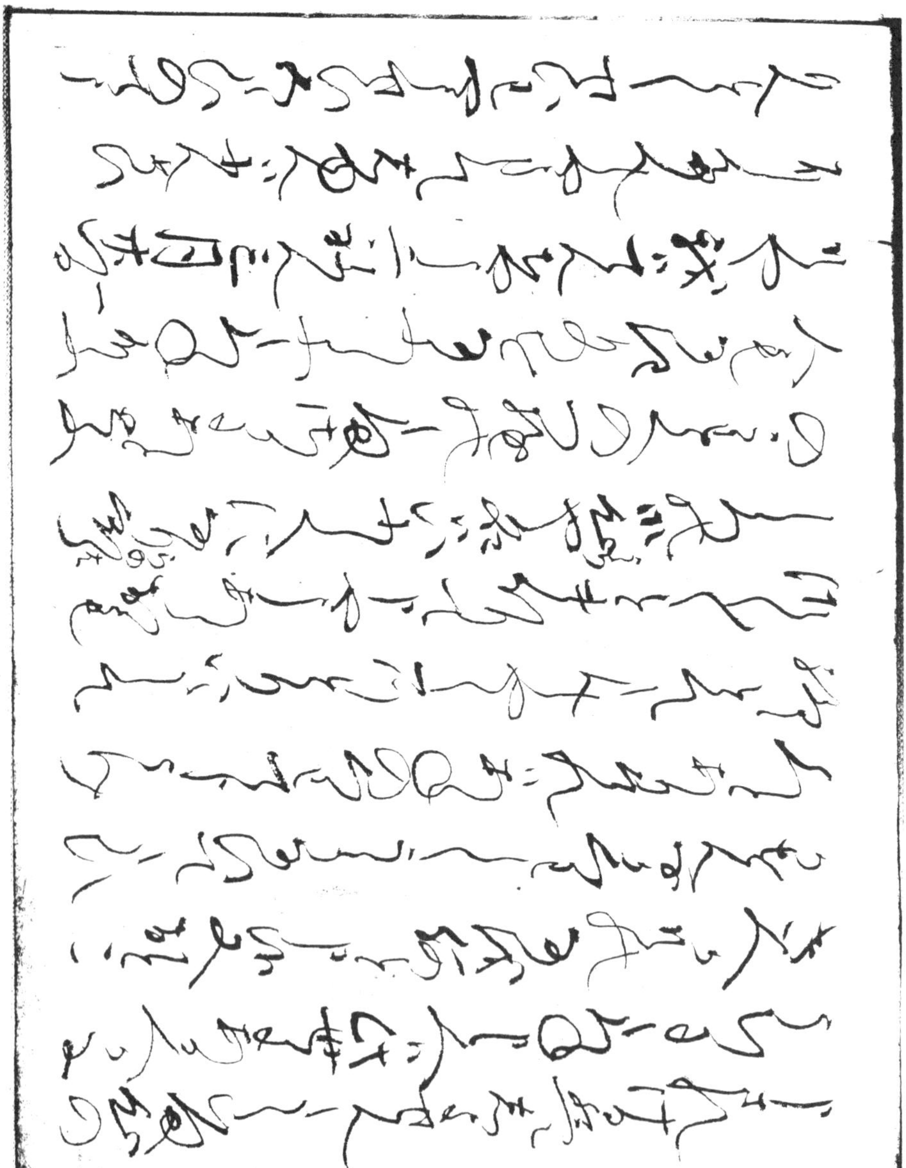

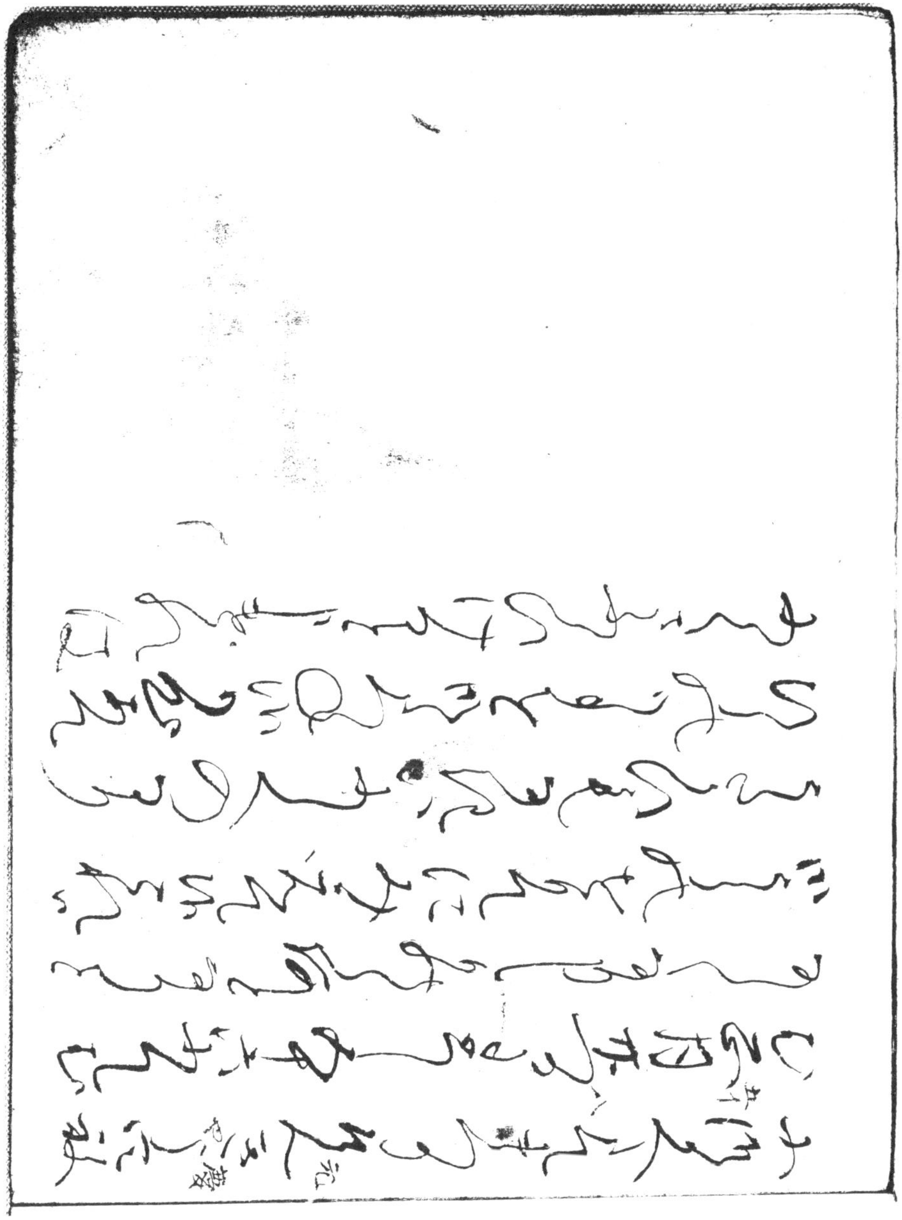

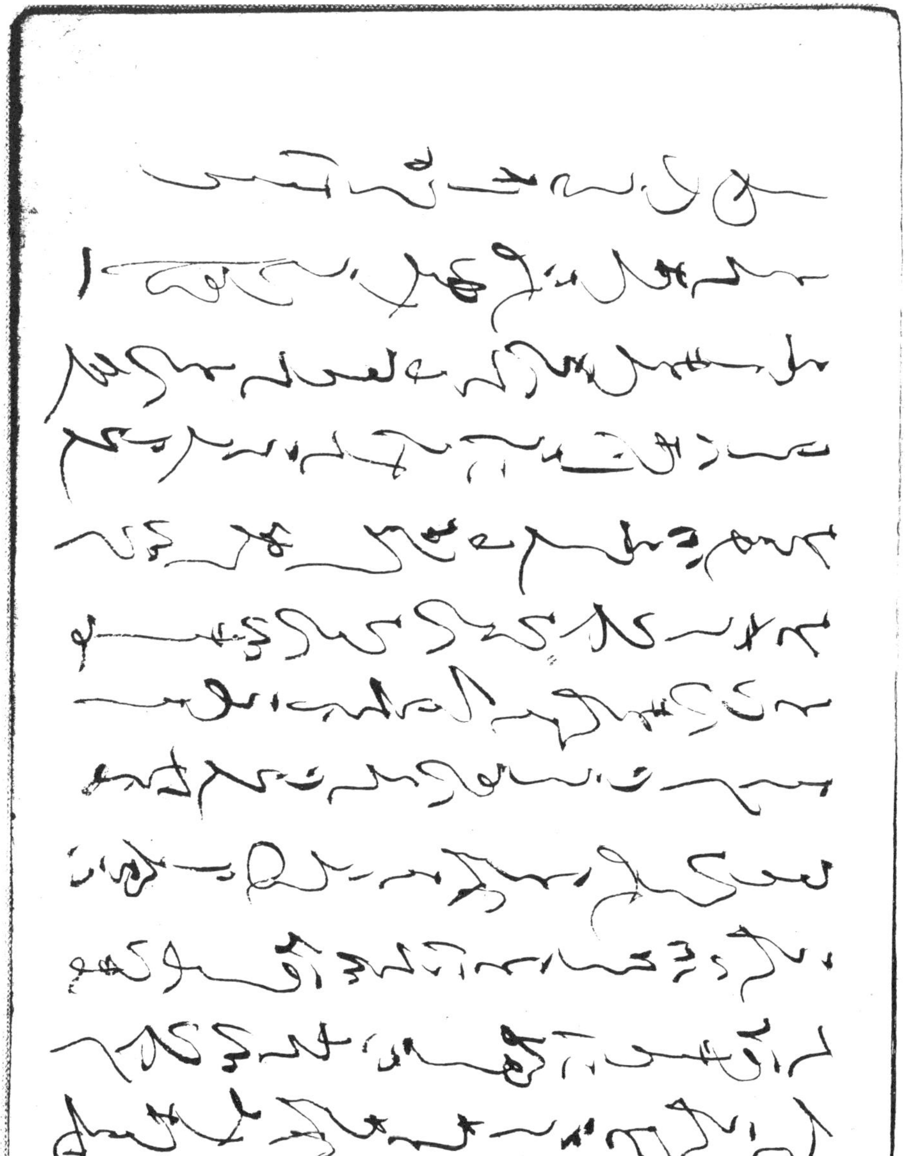

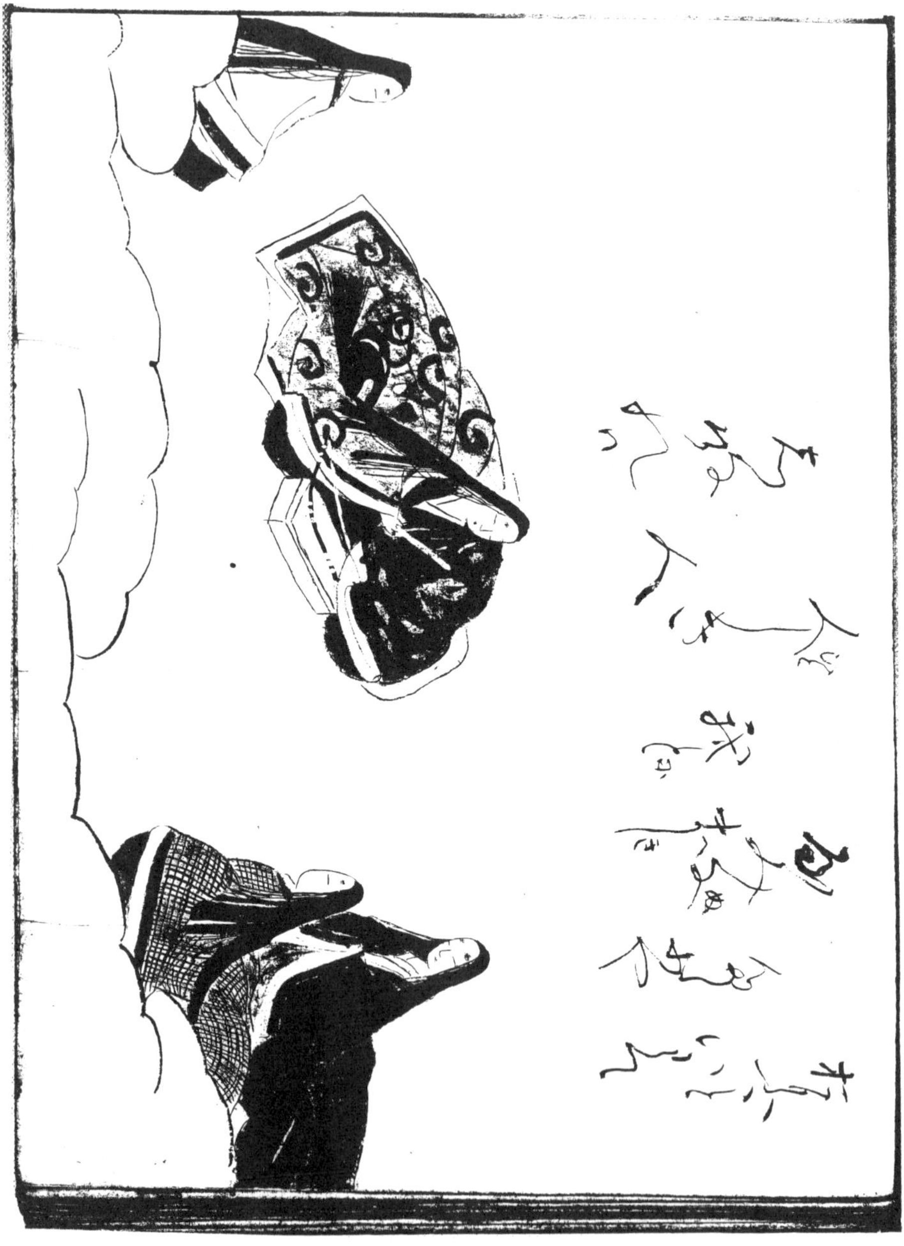

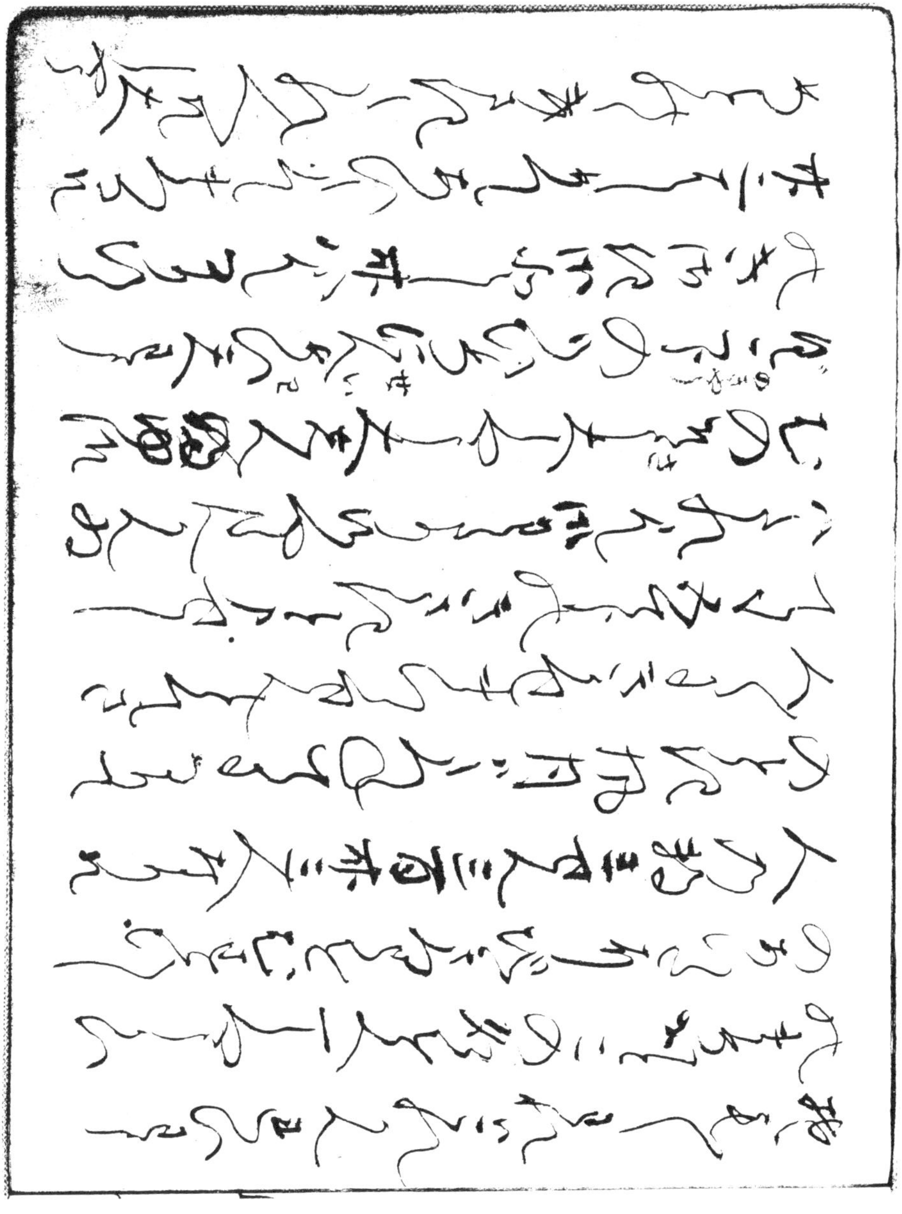

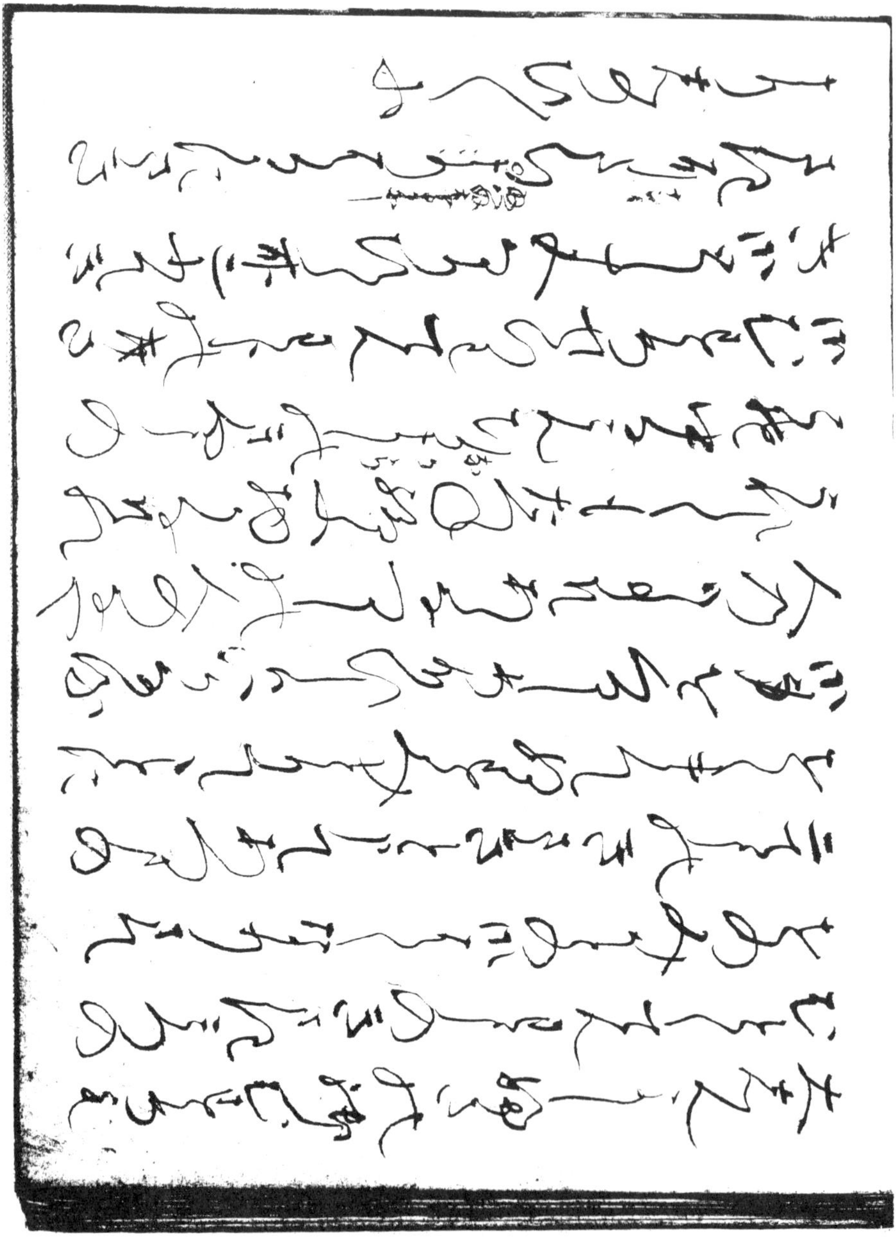

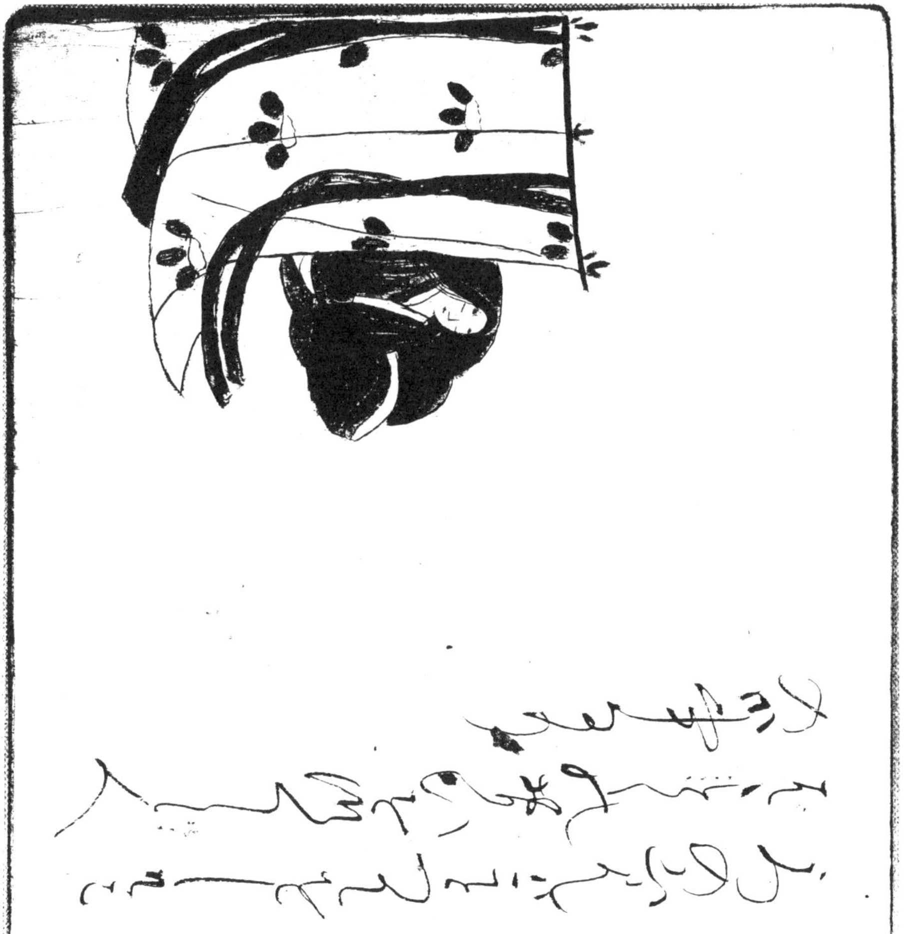

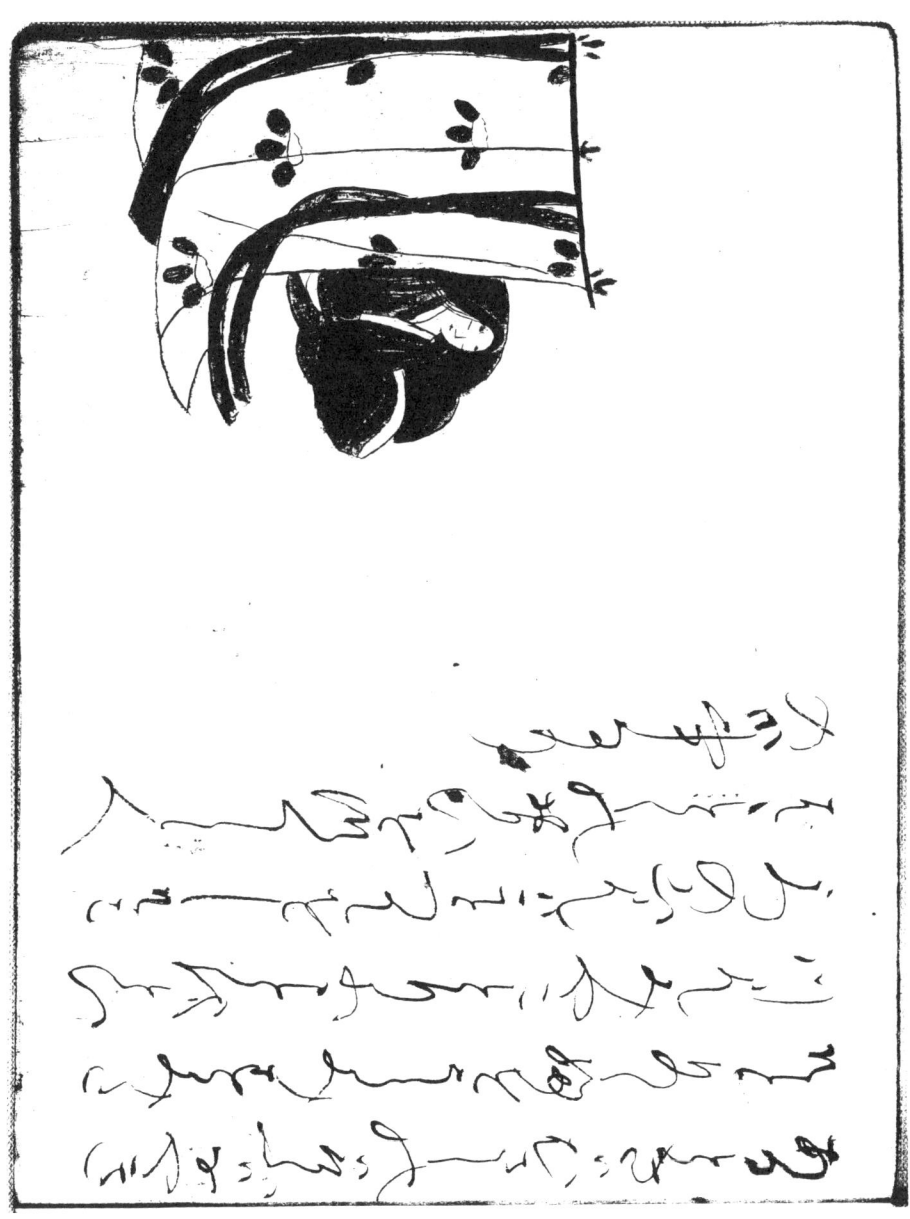

されのそさらてみりまにあると
ゑもしけなやりてしくえとし
のらいゝかゝひもわくさをんはあ
すいそさらての弁御れしもらせ
かひしとて《ちやう》くうきんす秋人よ
ありけりのれ
ひさ時
くしまえし
あいまそ
すゝりの海
あしたのうさに
君やこし我やゆきけんおもほえす
まと御からうけしら秋そうさかてら

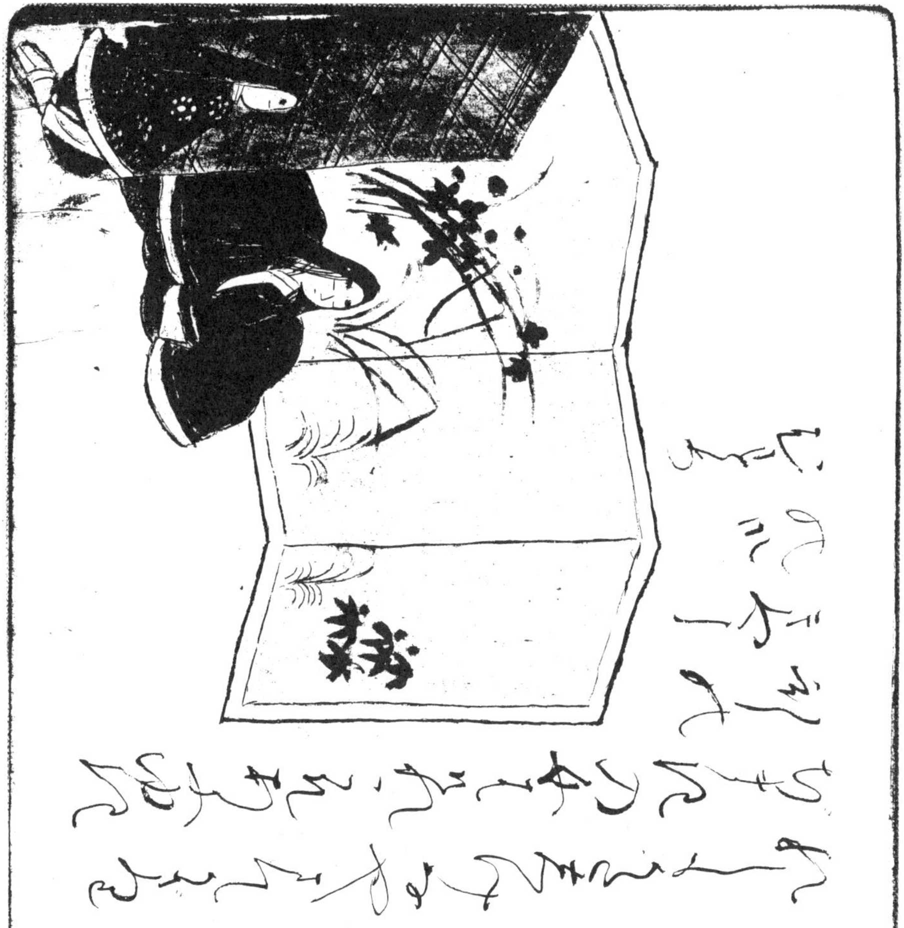

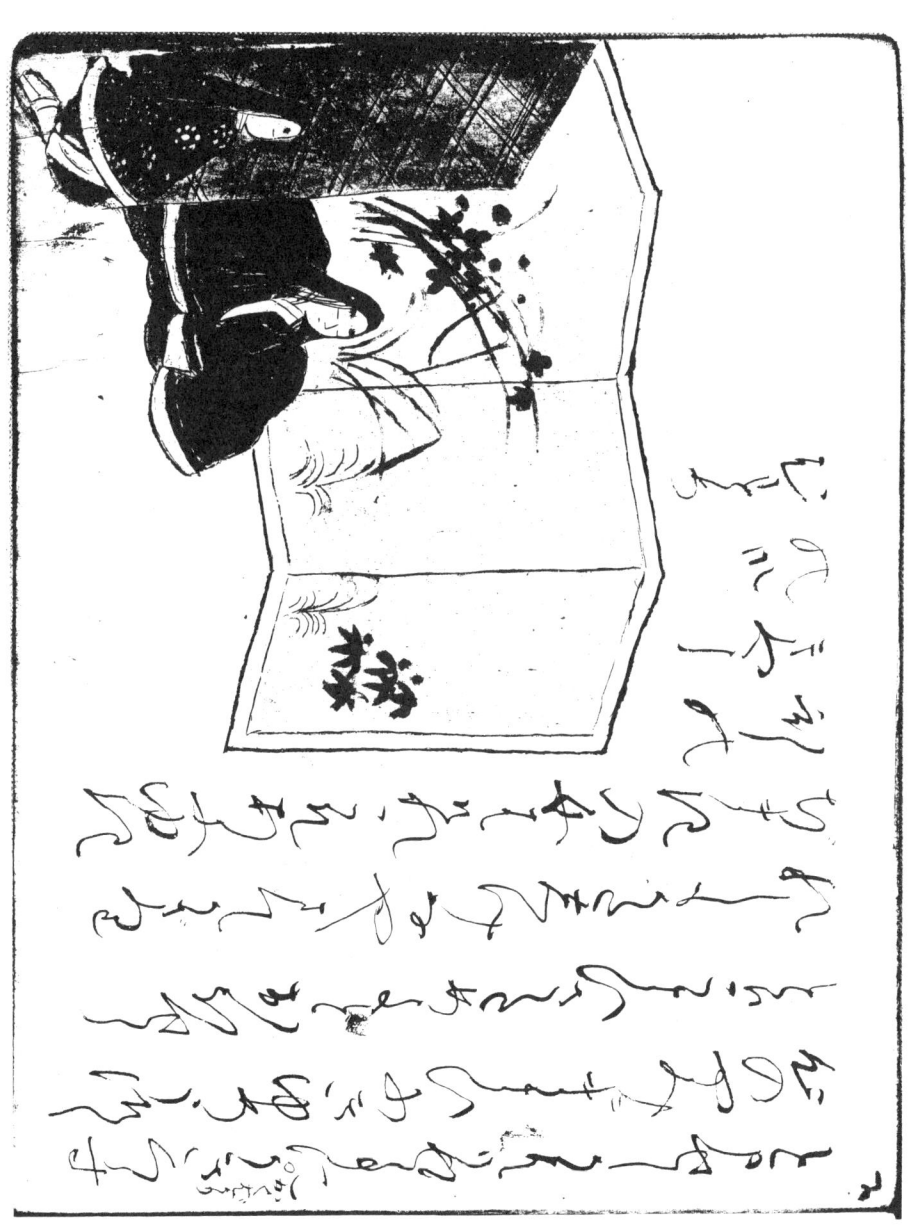

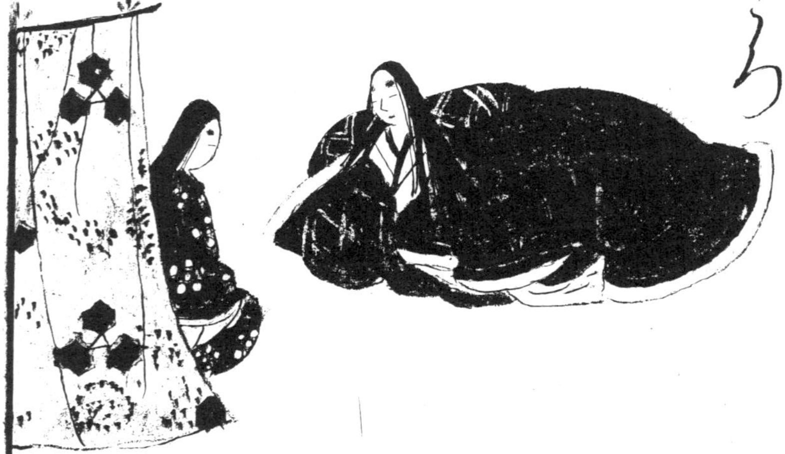

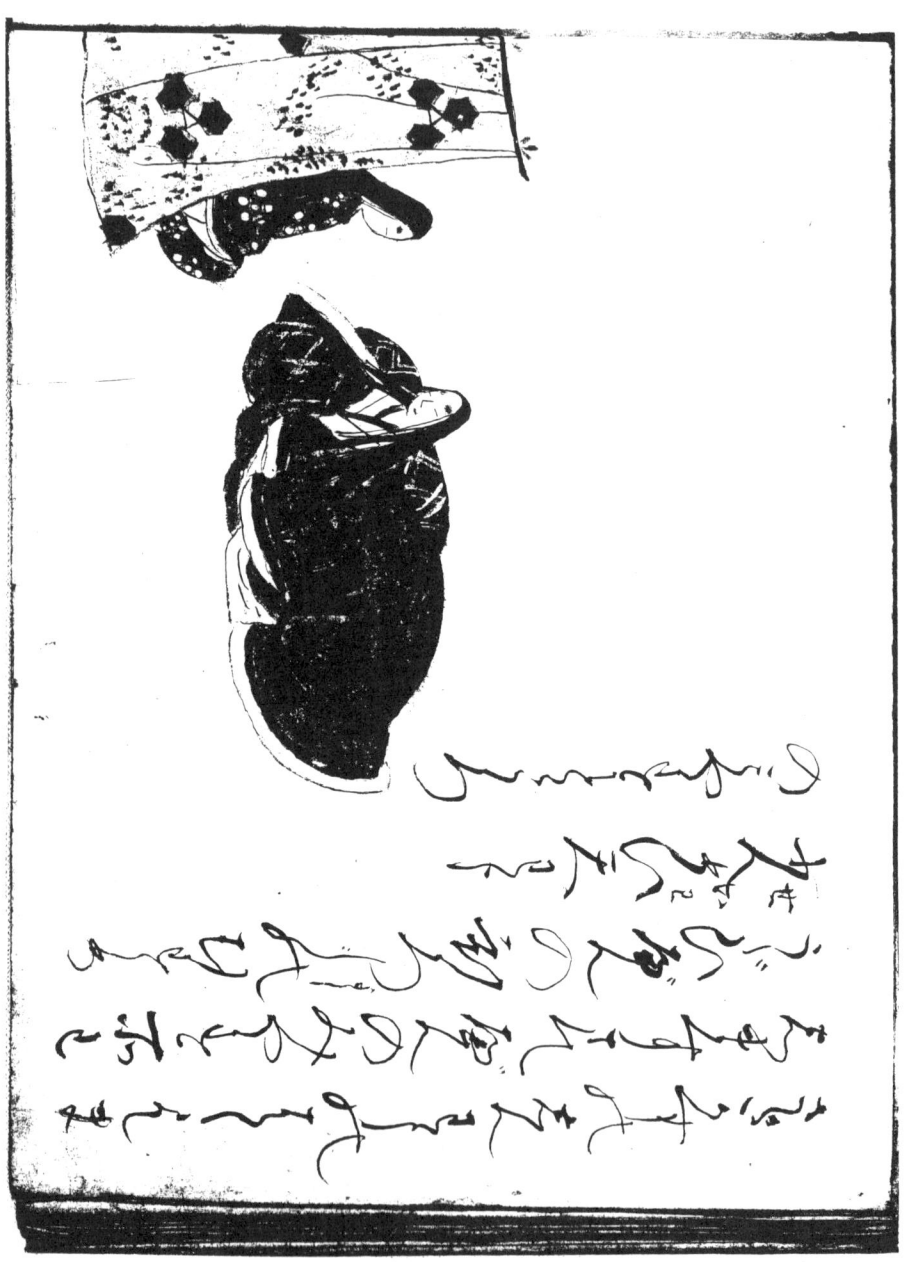

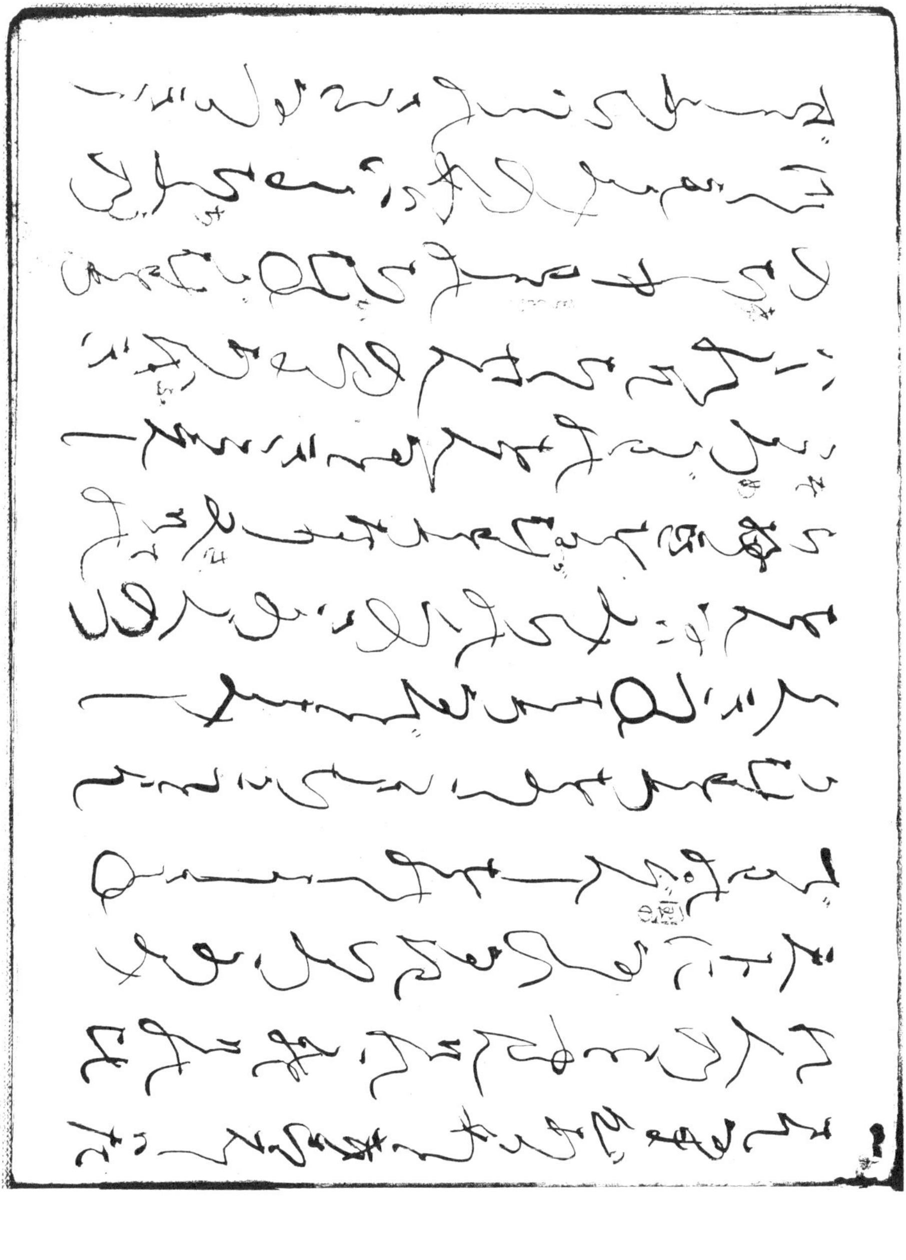

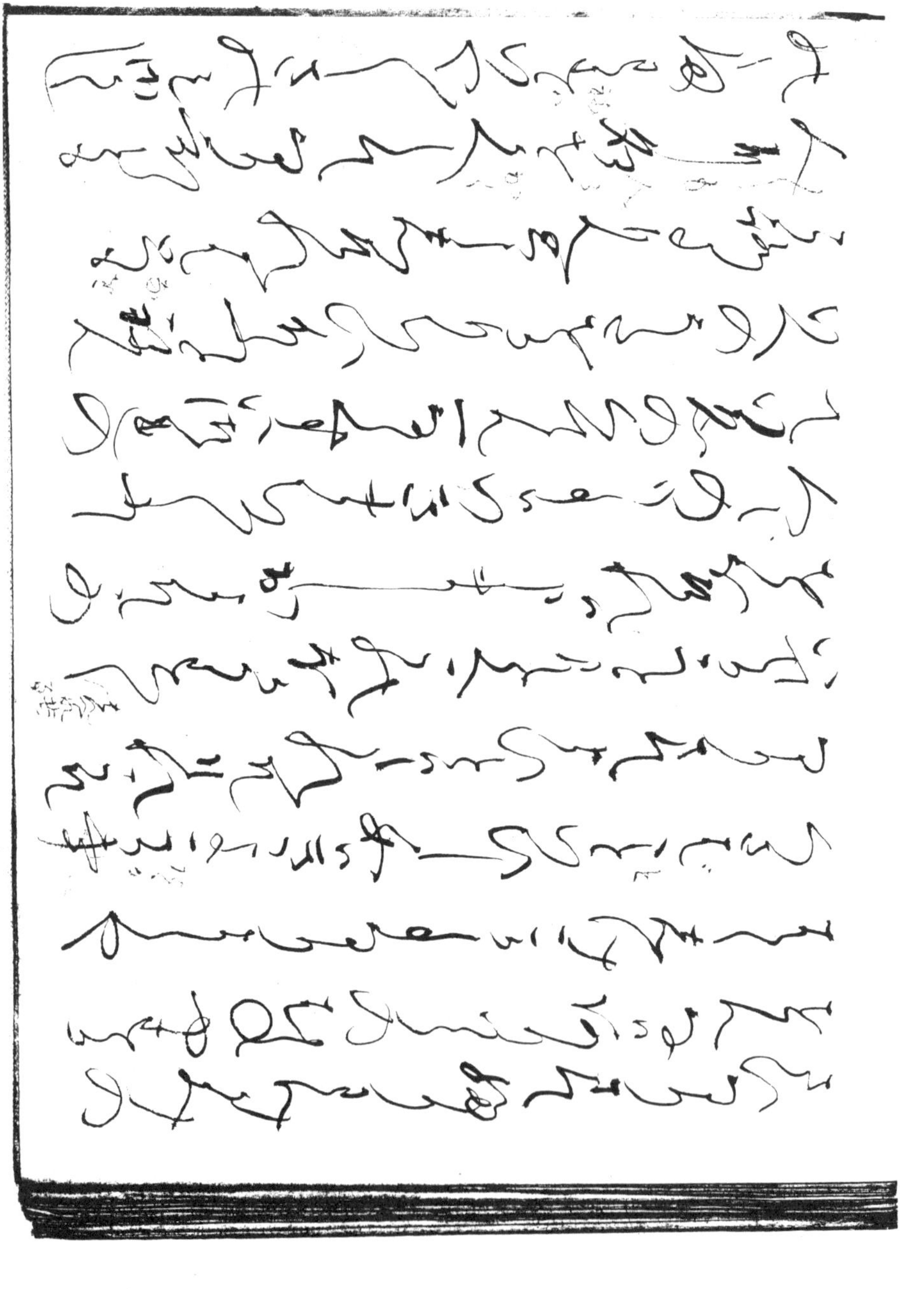

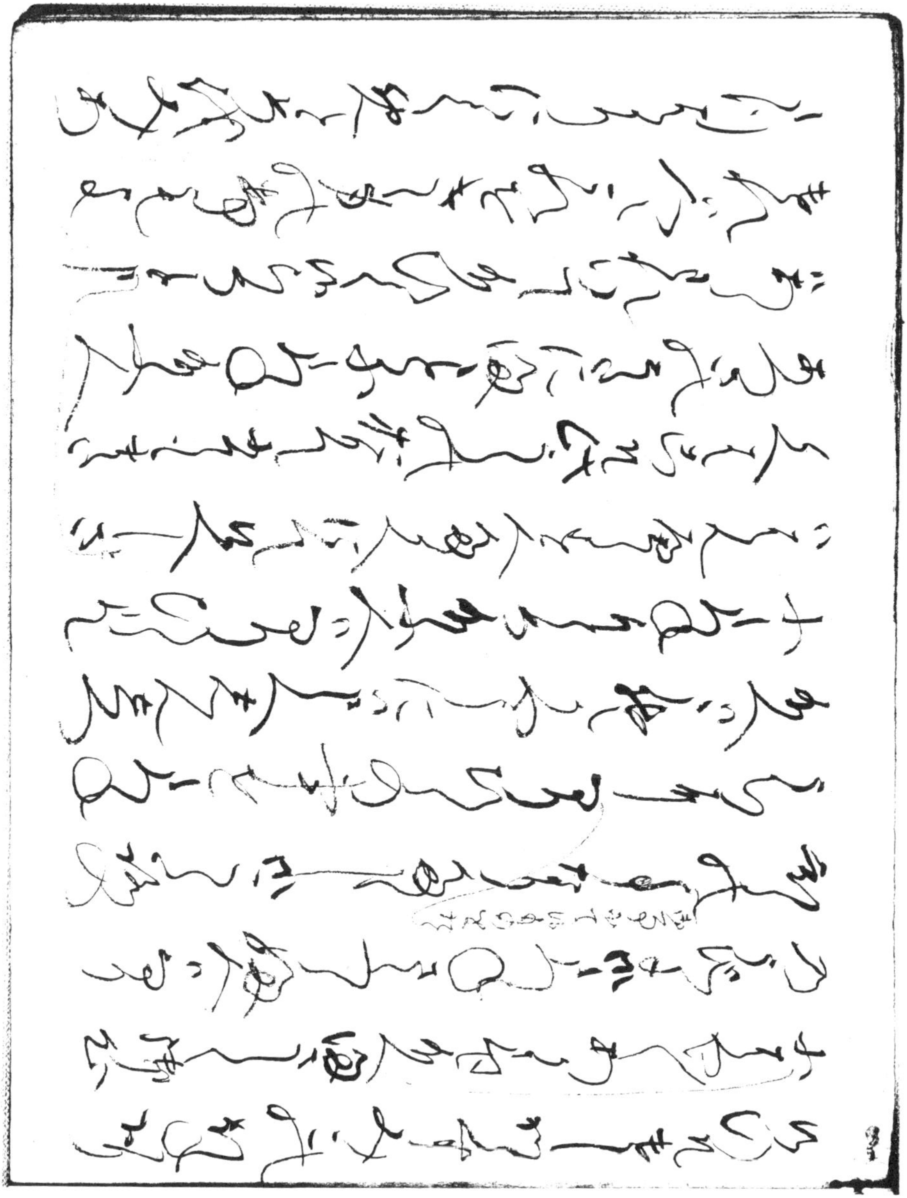

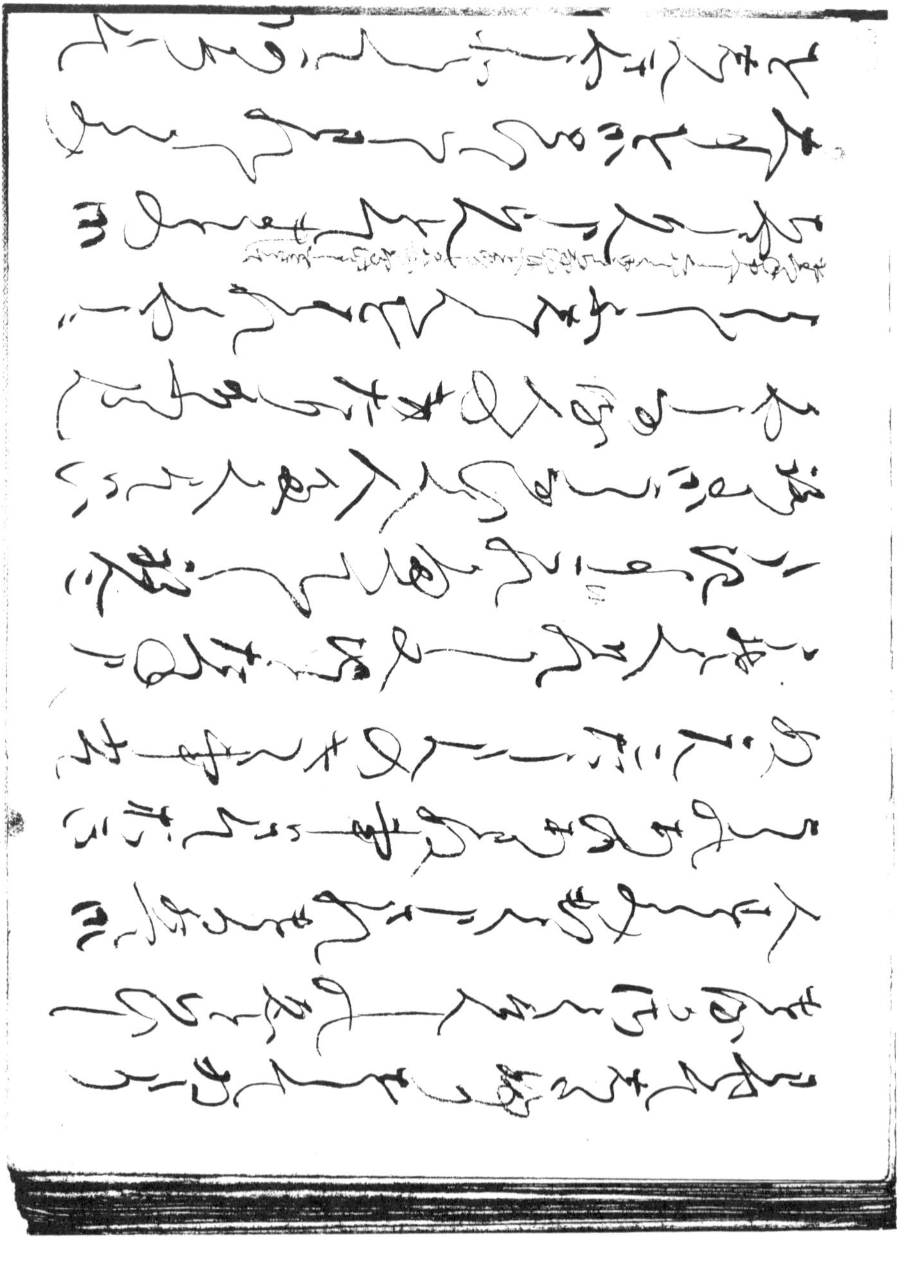

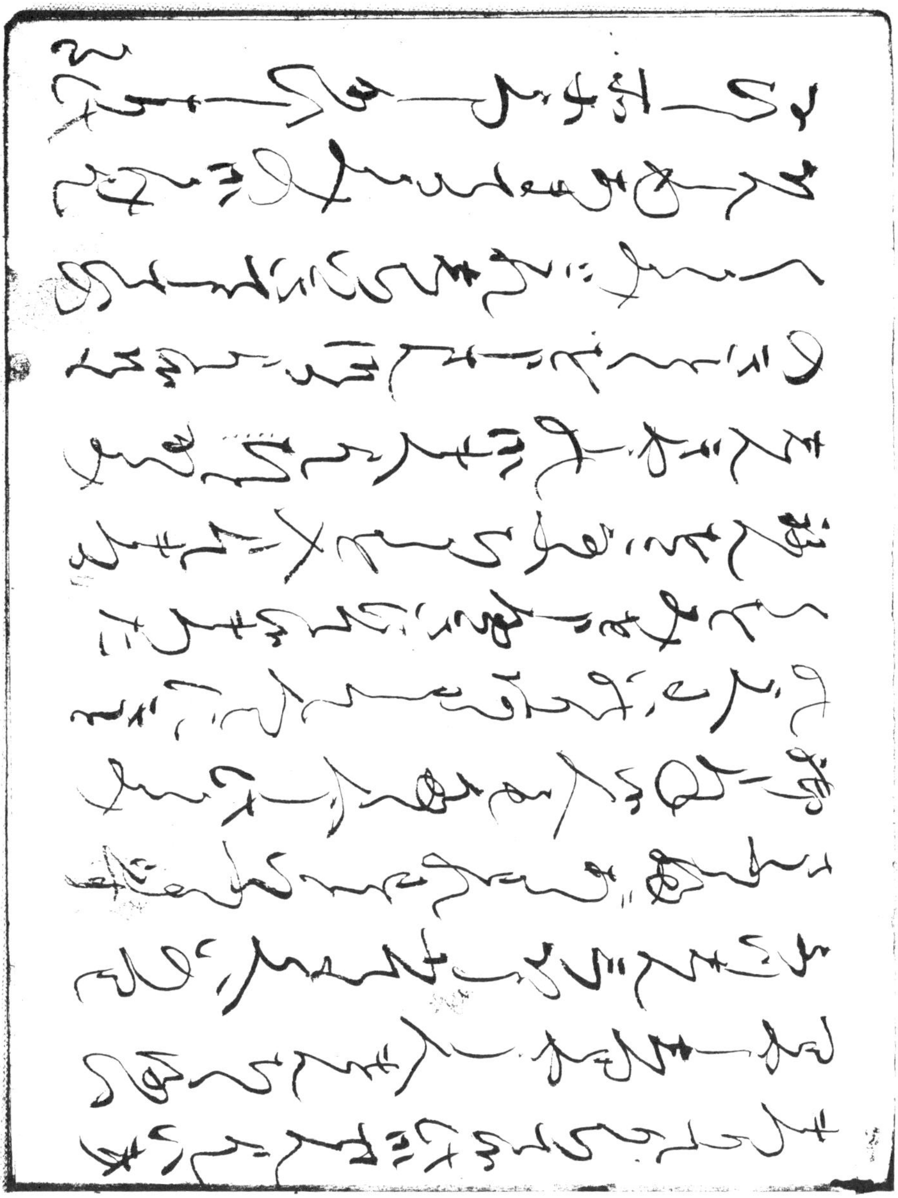

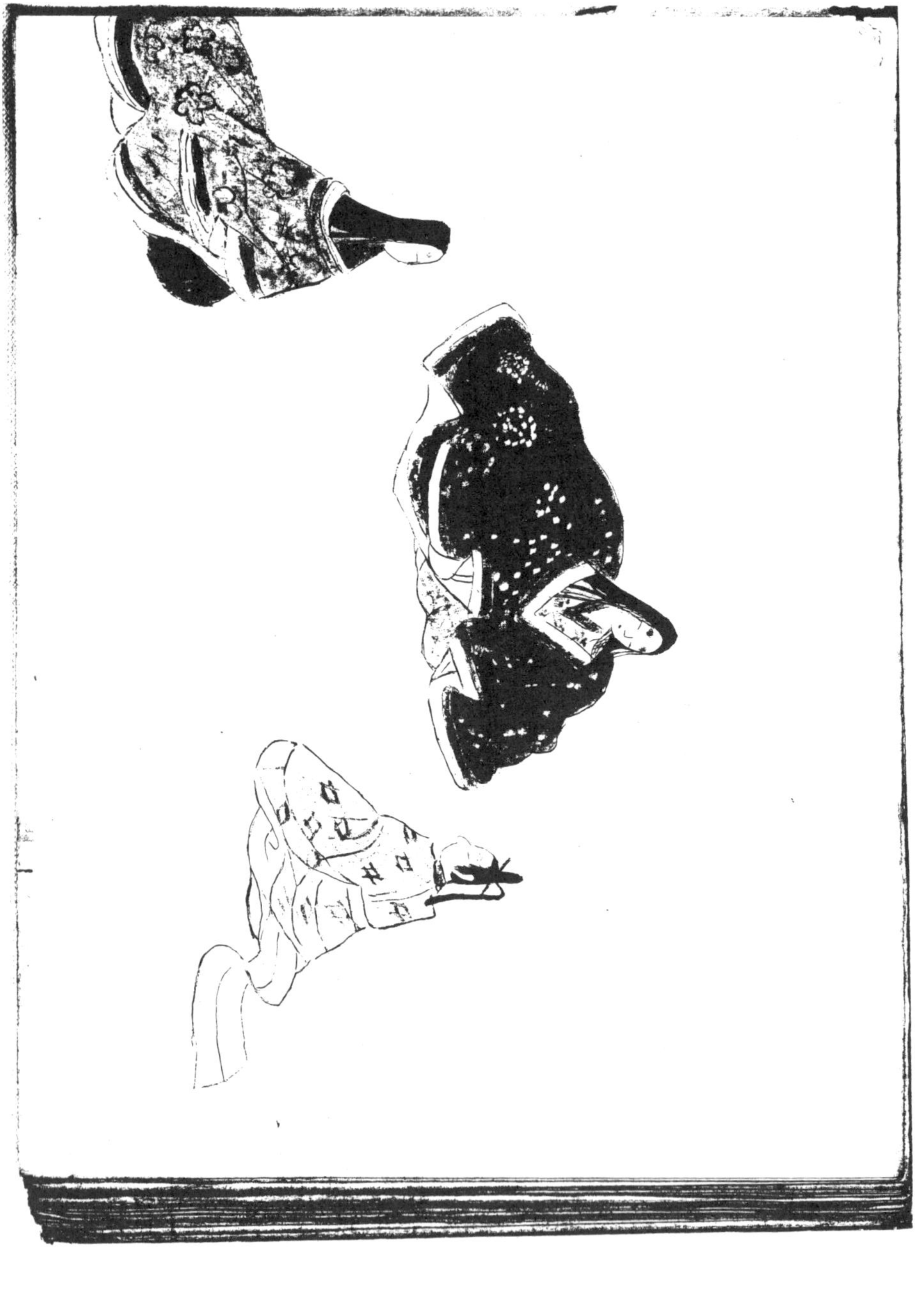

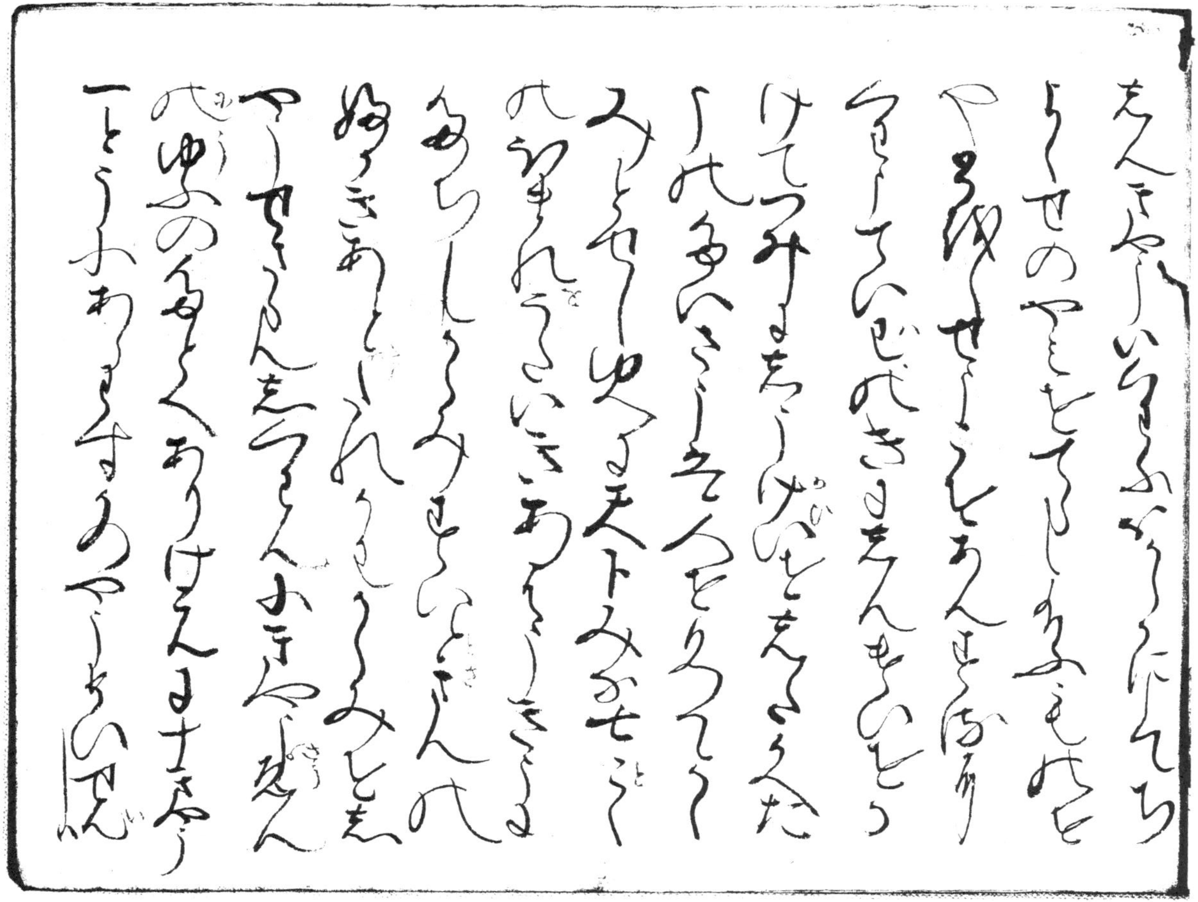

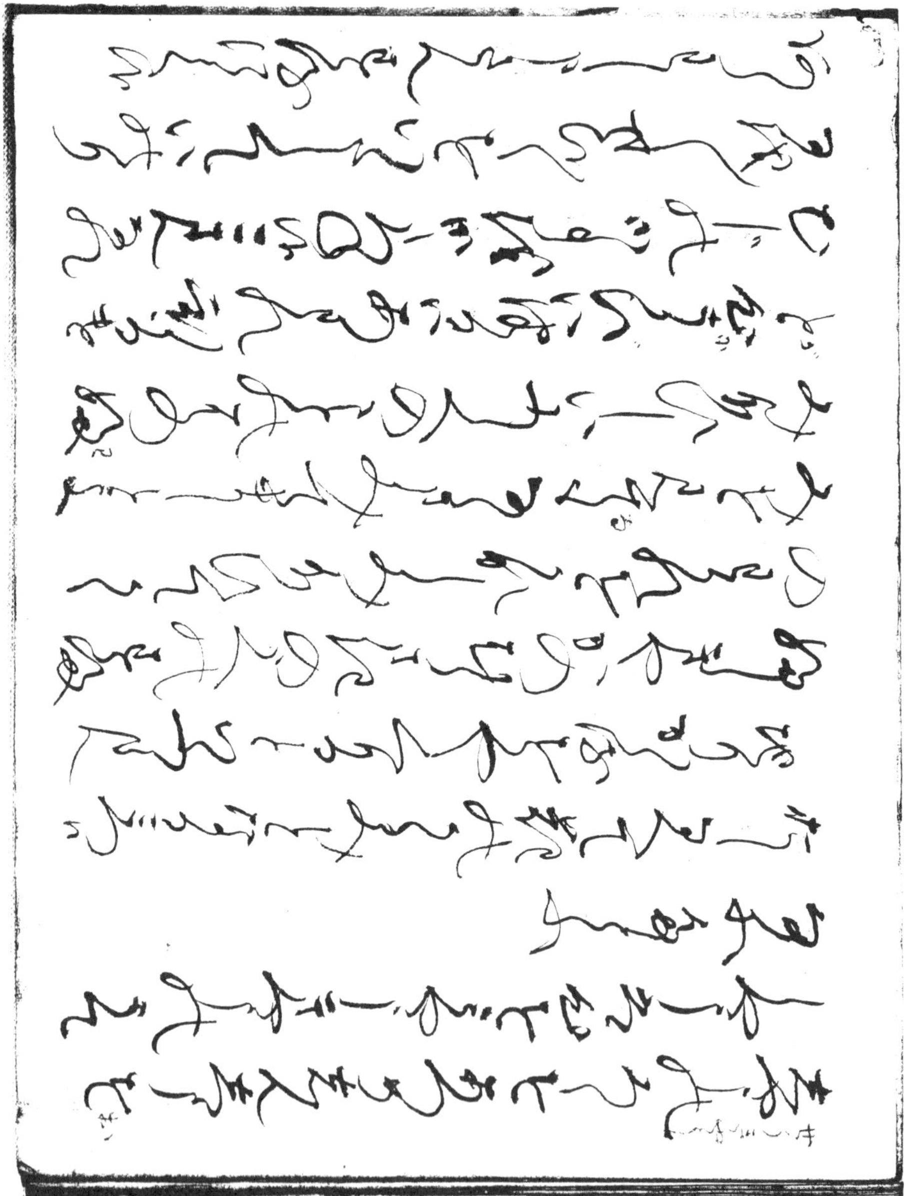

れくやうやうにてこゝみすゑゐ
まやむてもしわうゝいはかつゝみ
もなしてせいをうゝるゝみせみ
おこれしうへてけつらすうほと
にせうお祝しきこやしめある
くとゐうやそけしうらしと
をめさきやしくしなれもい
しやとうやまいさいゆひとつし
おうとじてやさし祝つくいしや
くちんれしゝみのおうるはまふ
らいわふそうしれいのうびとあ
らまりしてあらふるちよにんの
ふへとゐうさ給ゑ久たゝれて

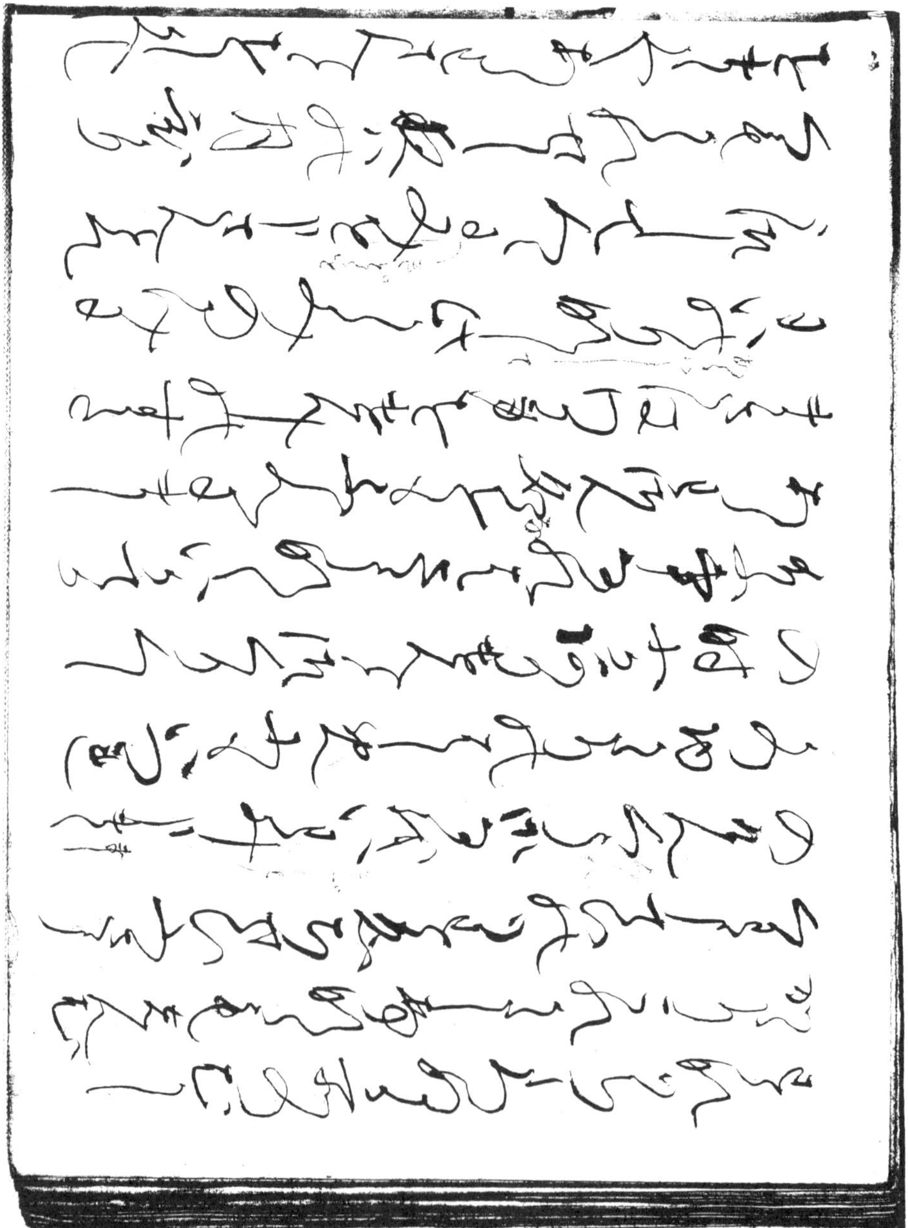

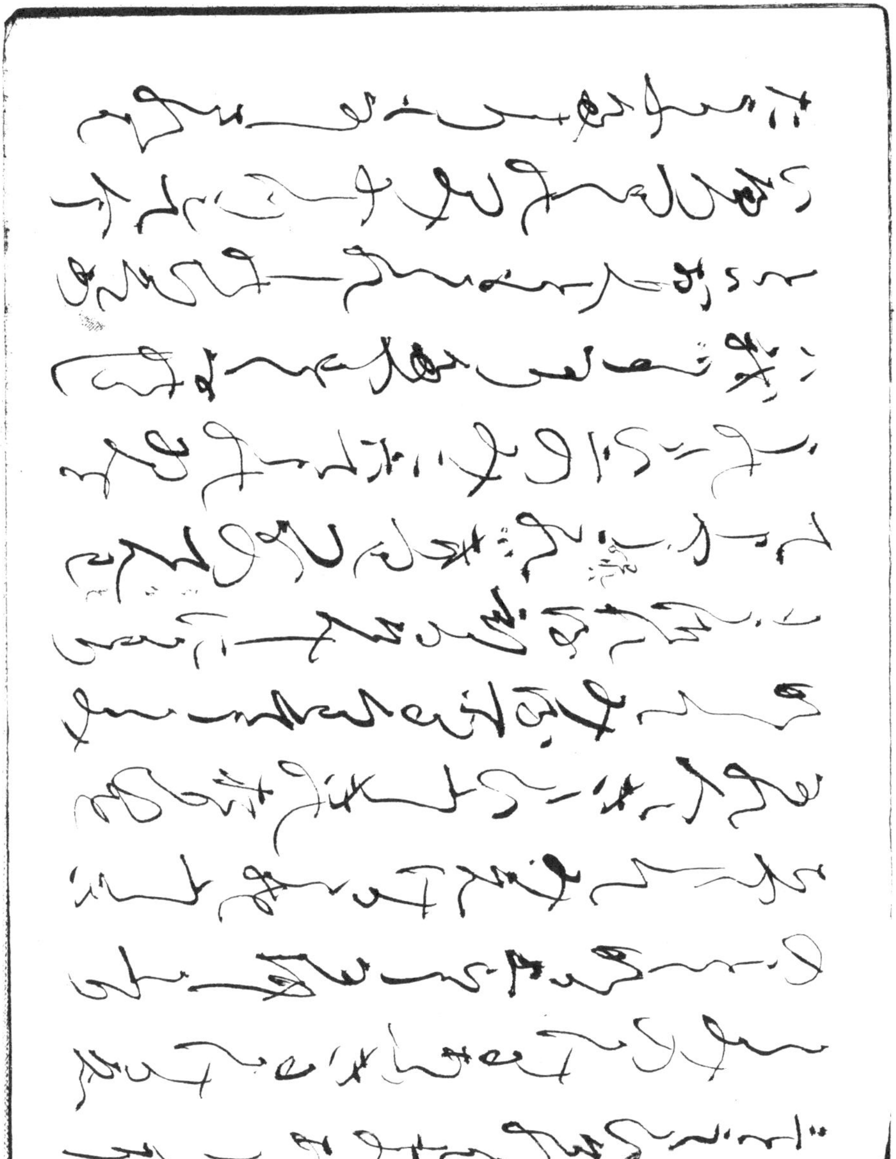

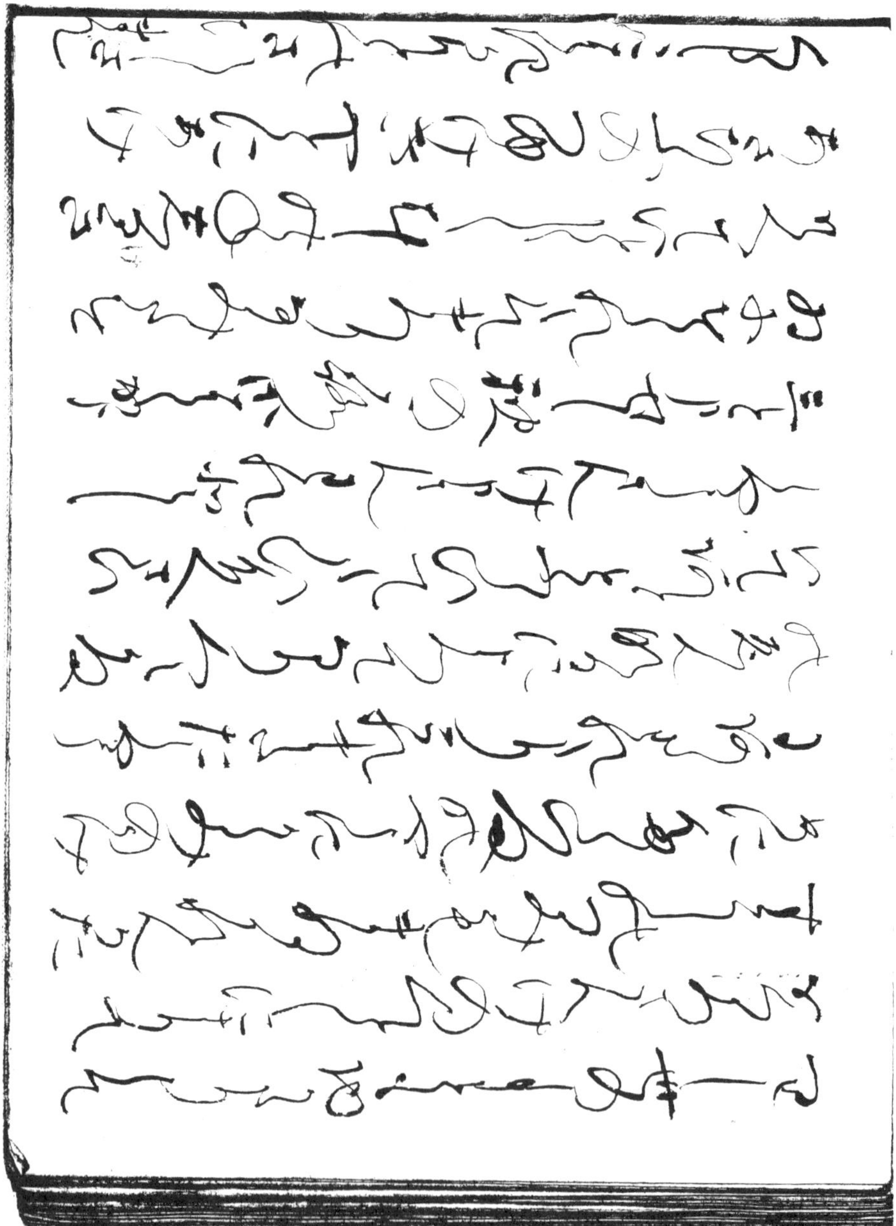

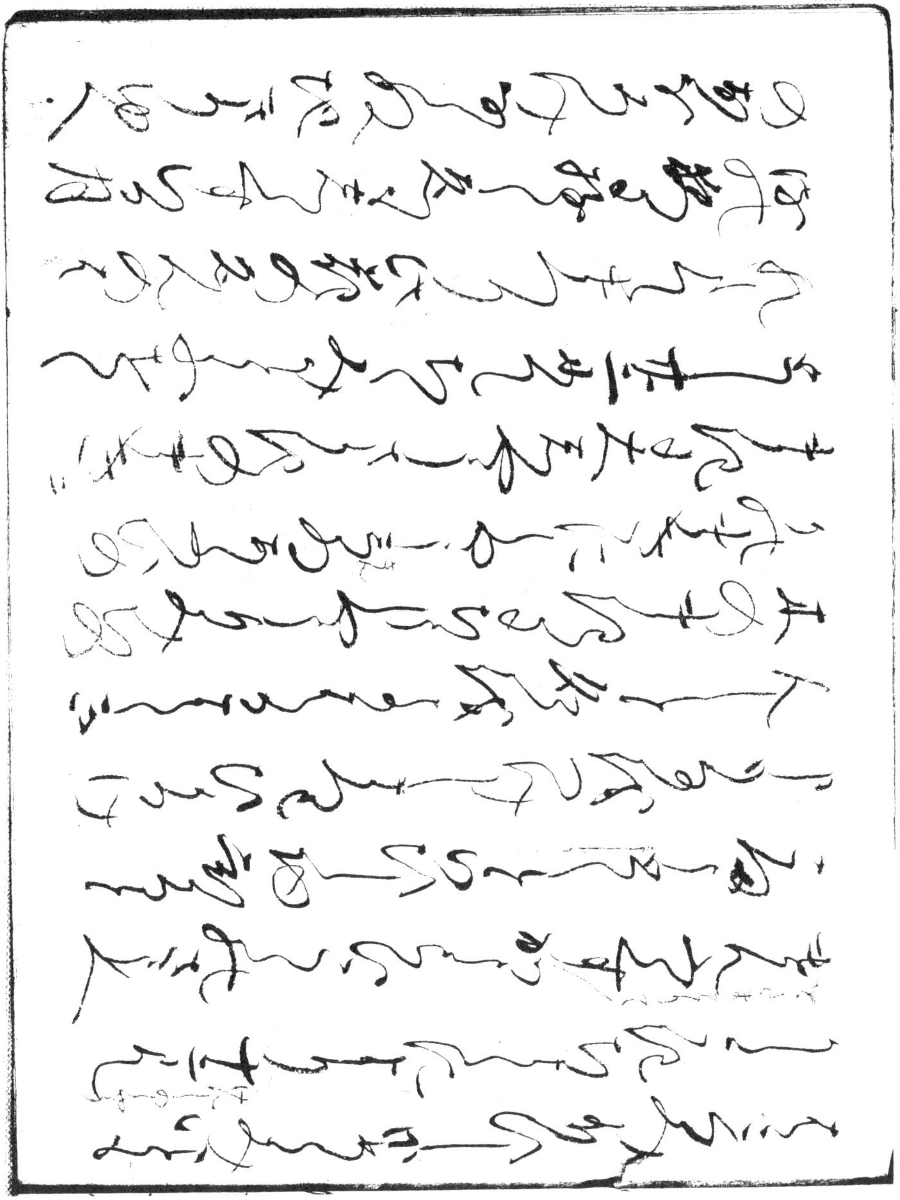

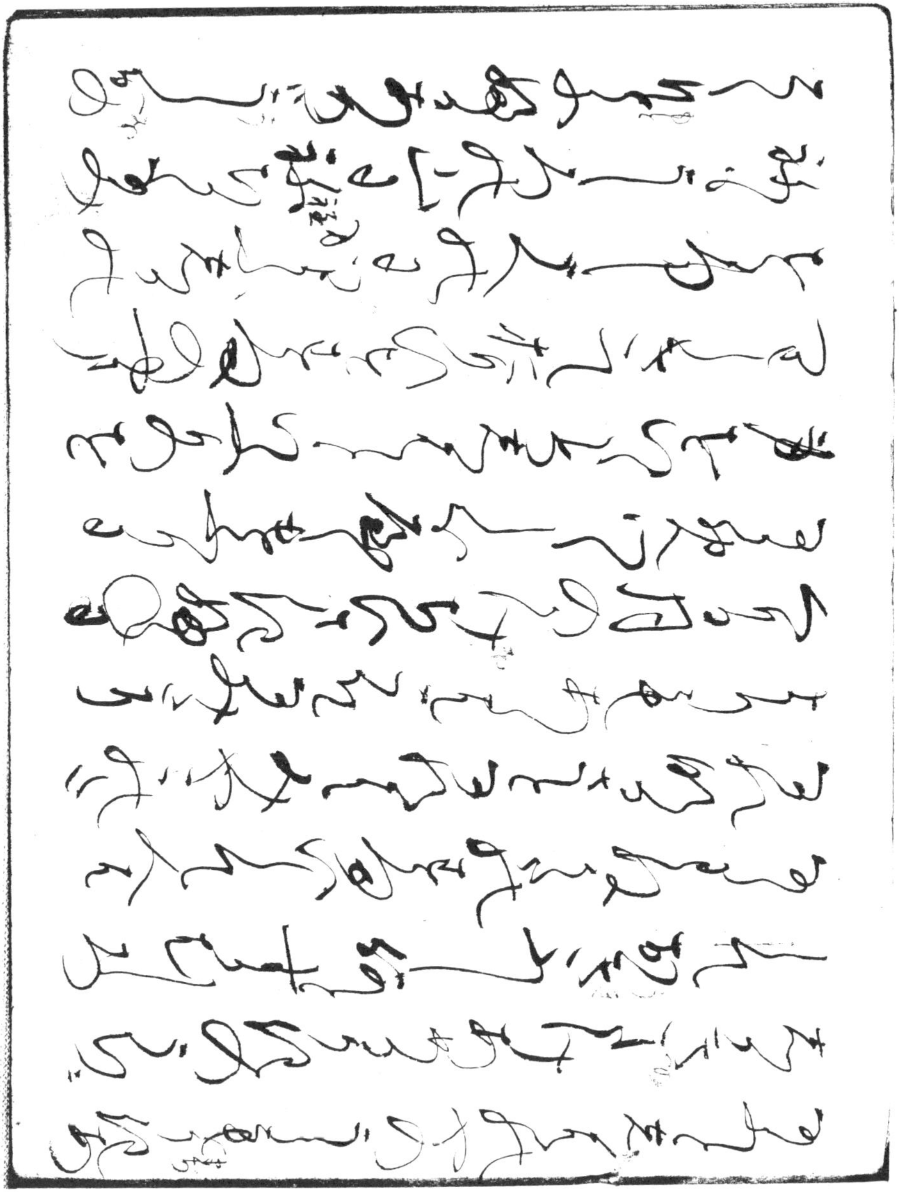

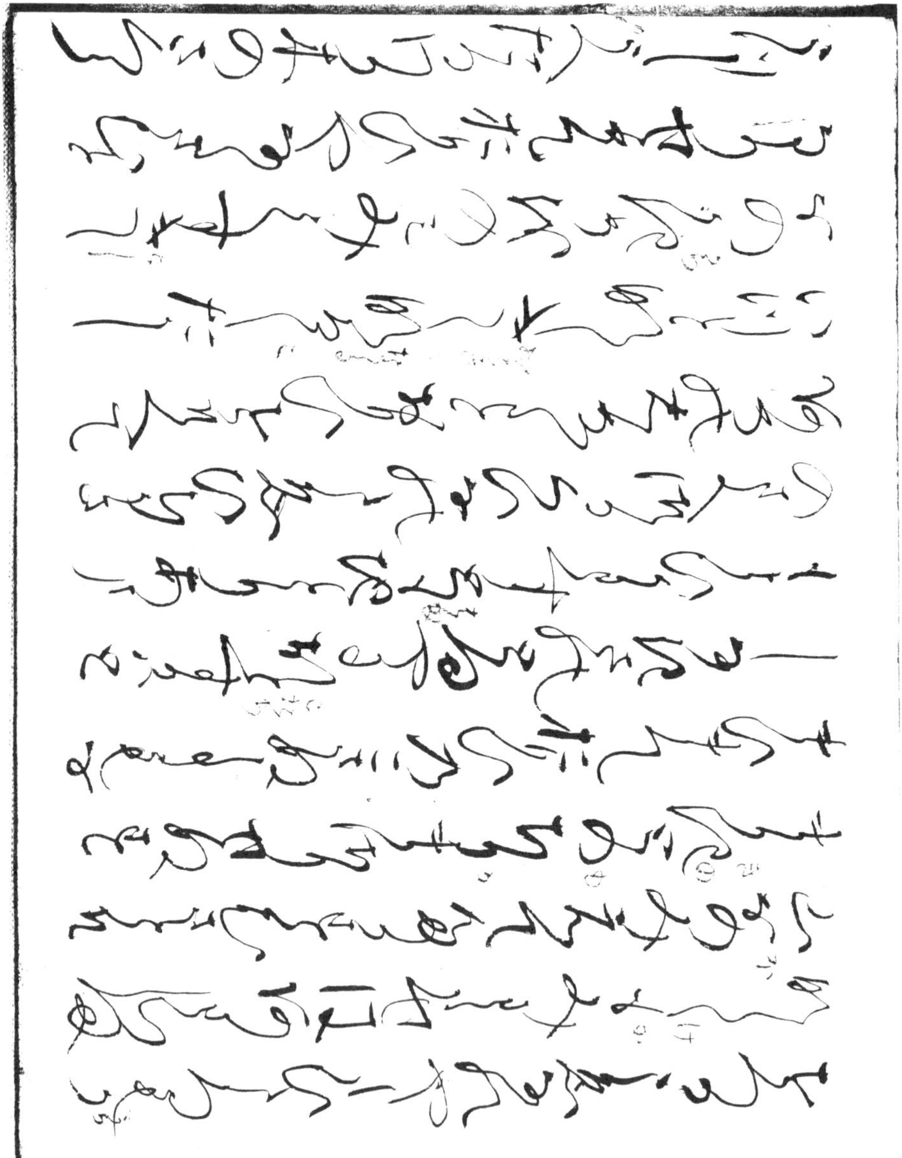

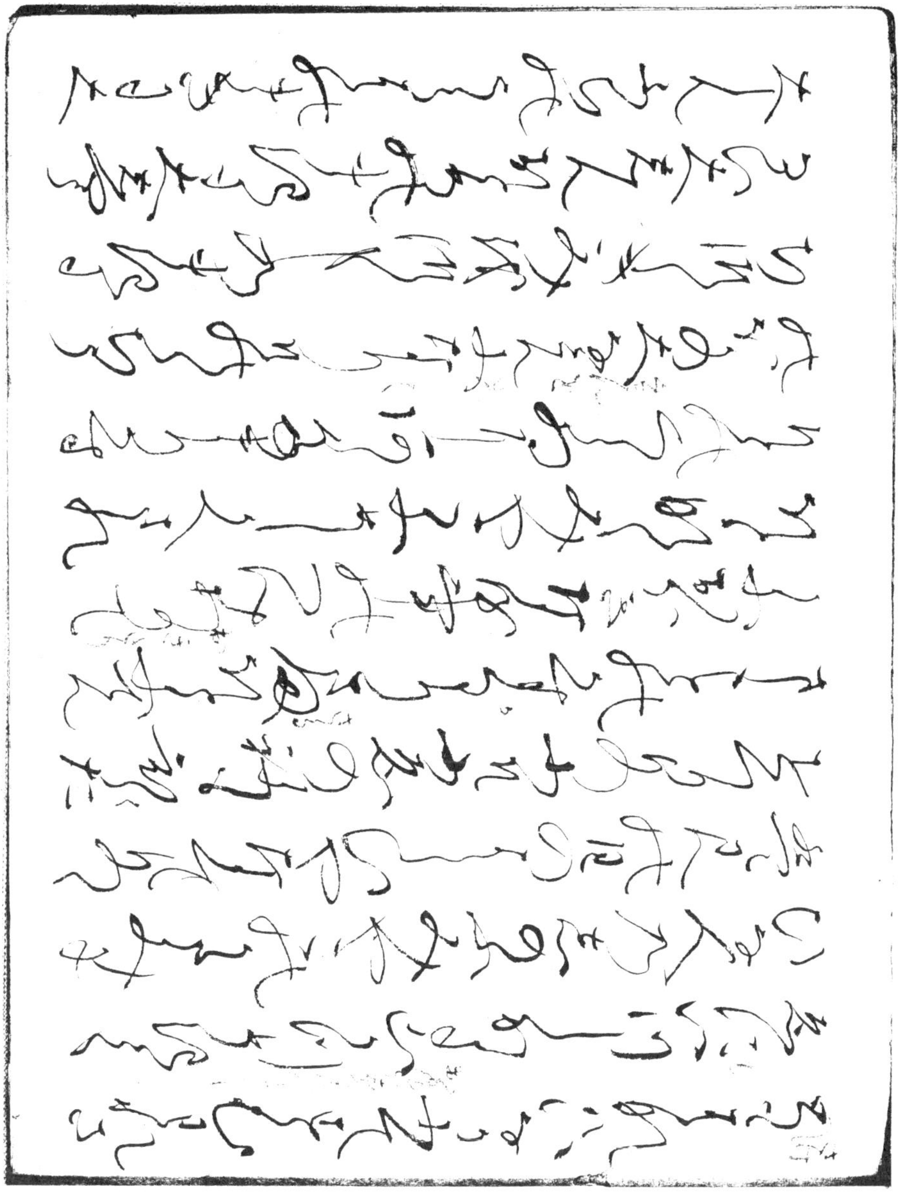

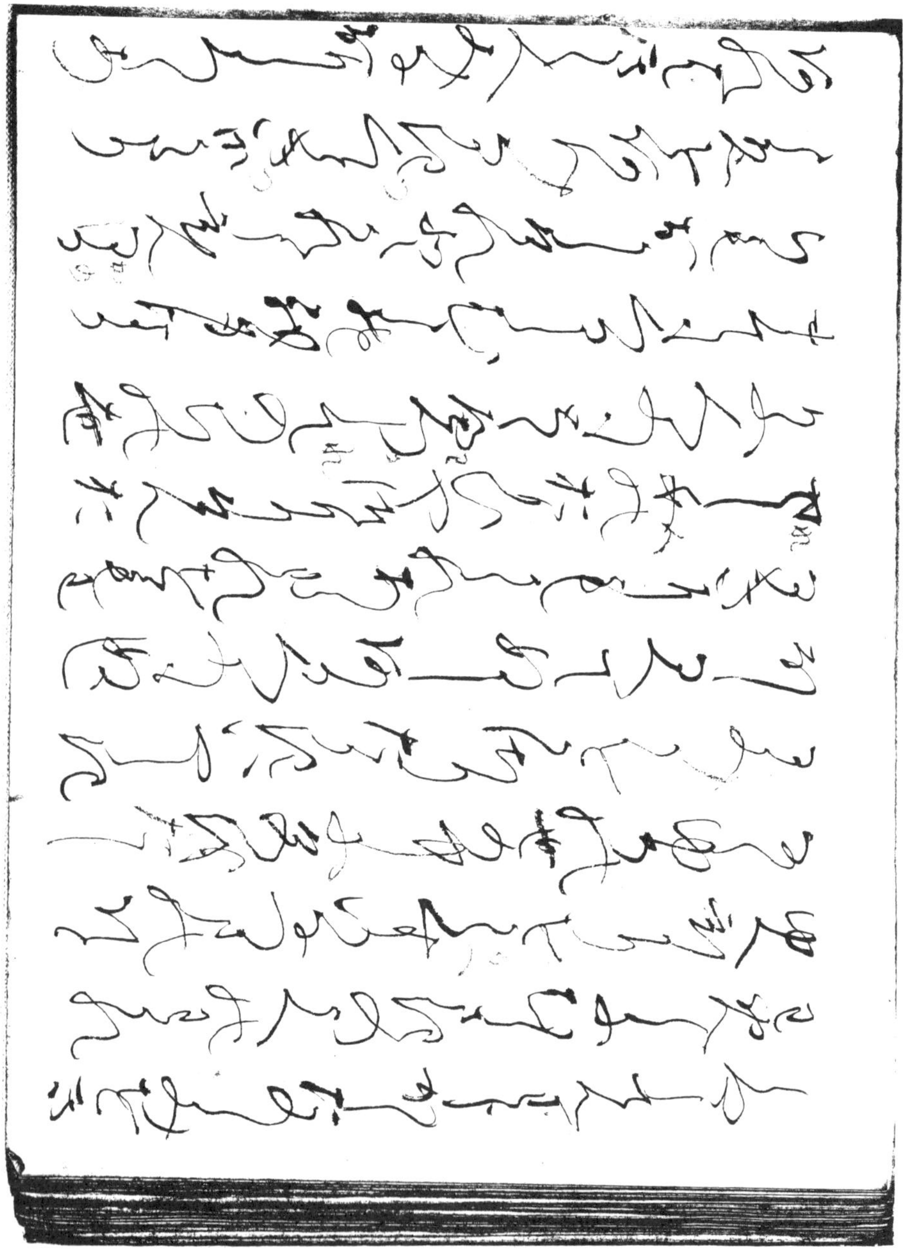

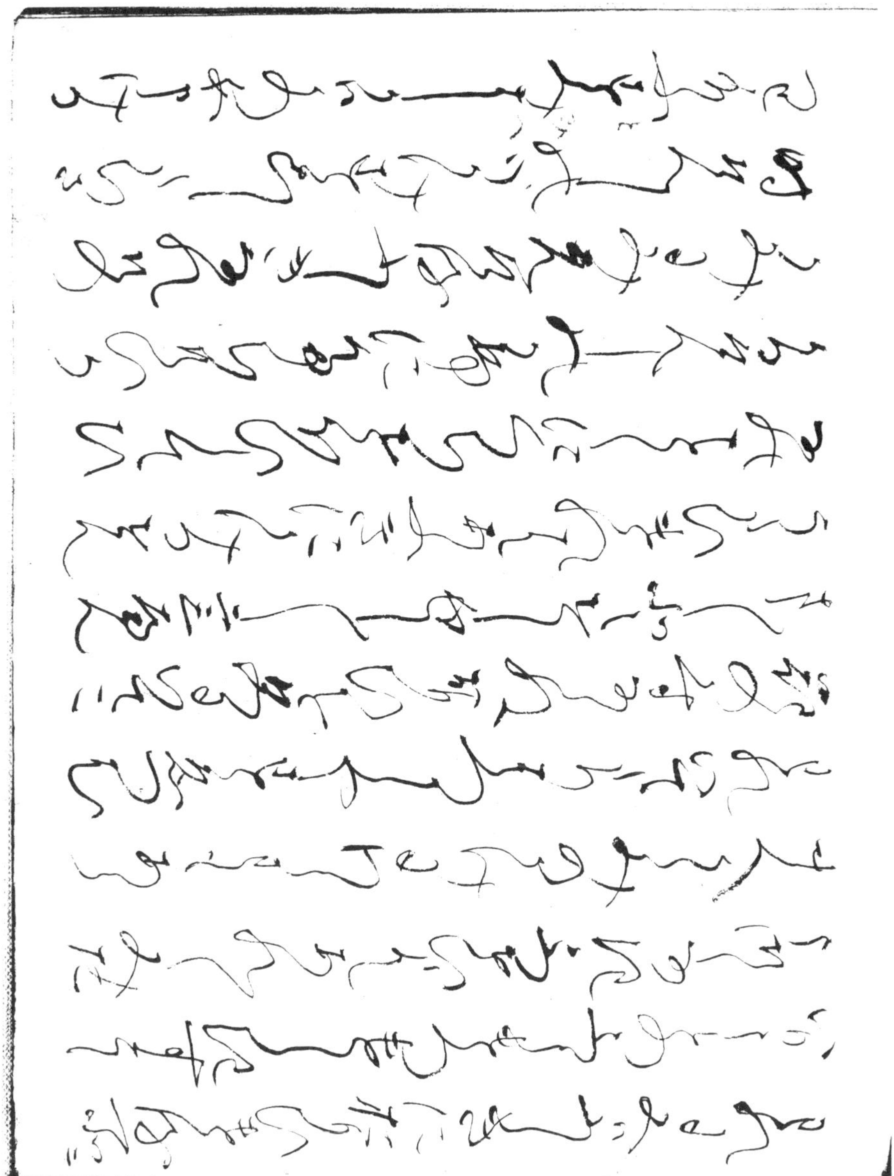

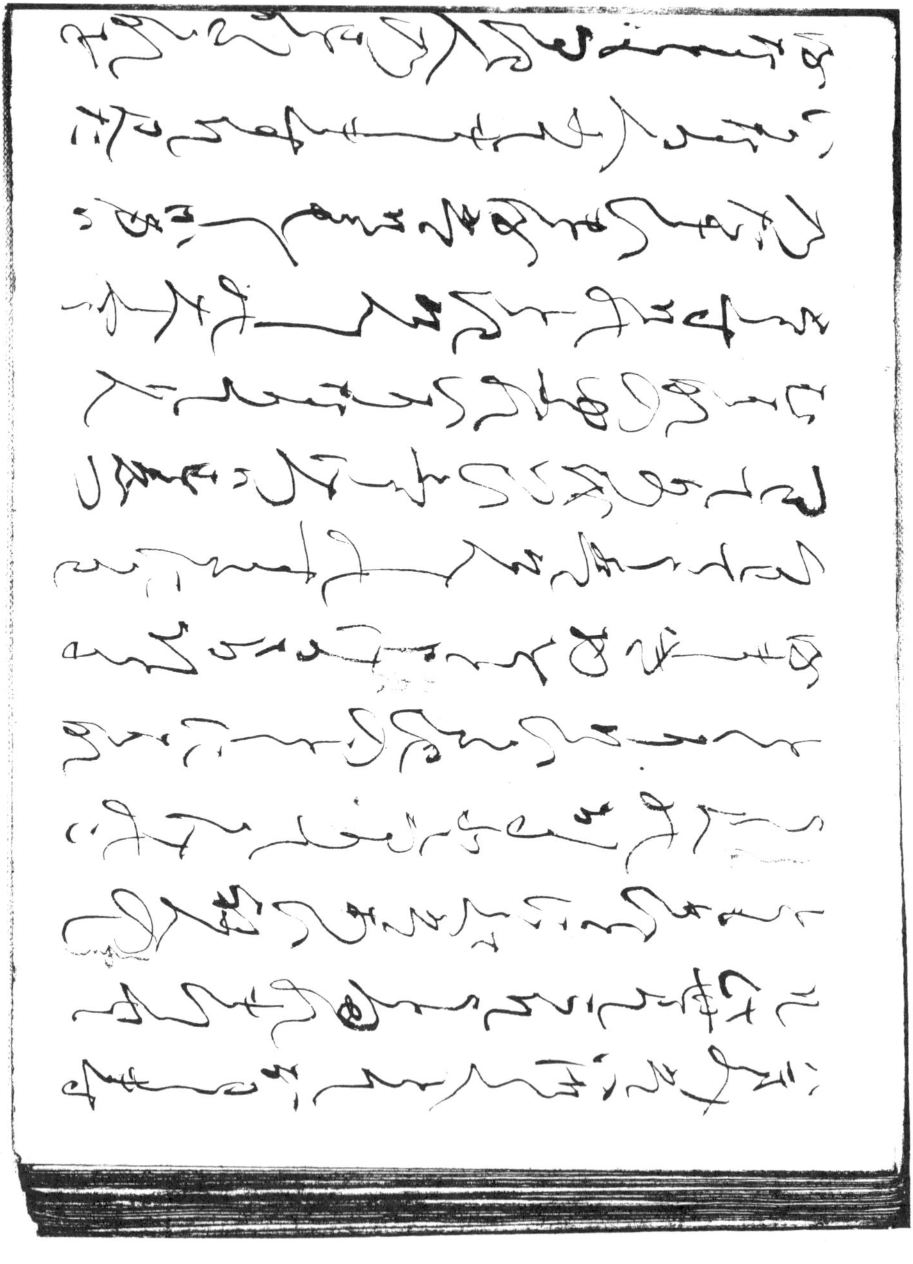

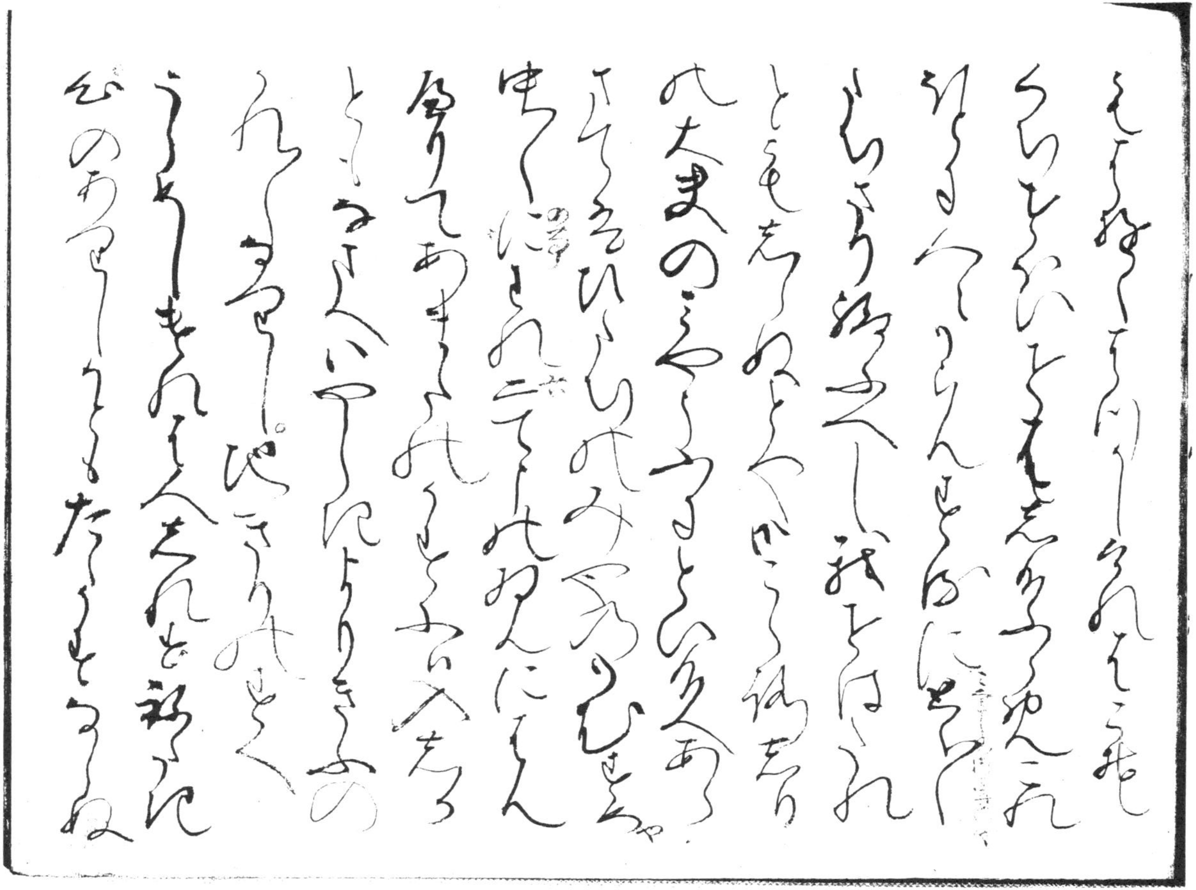

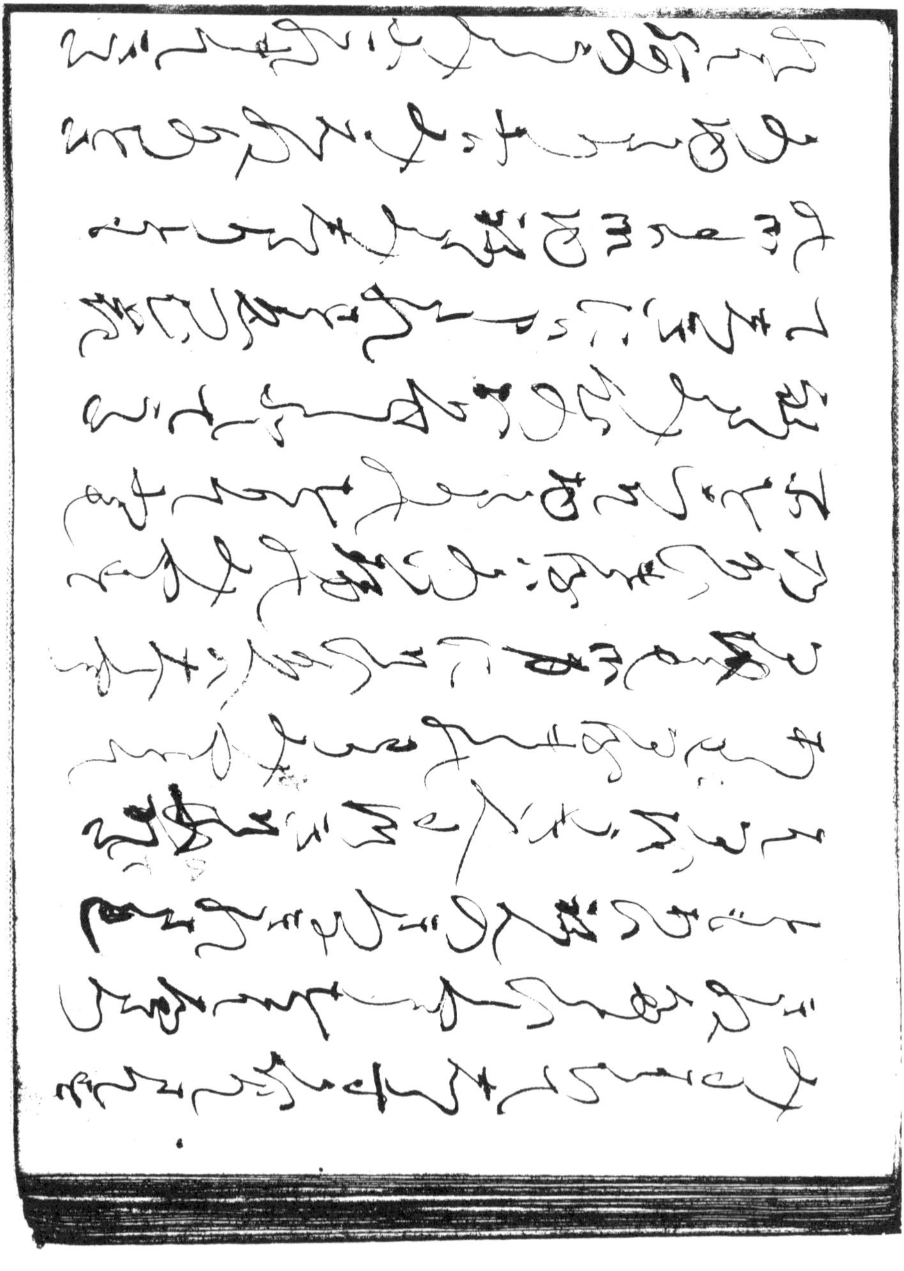

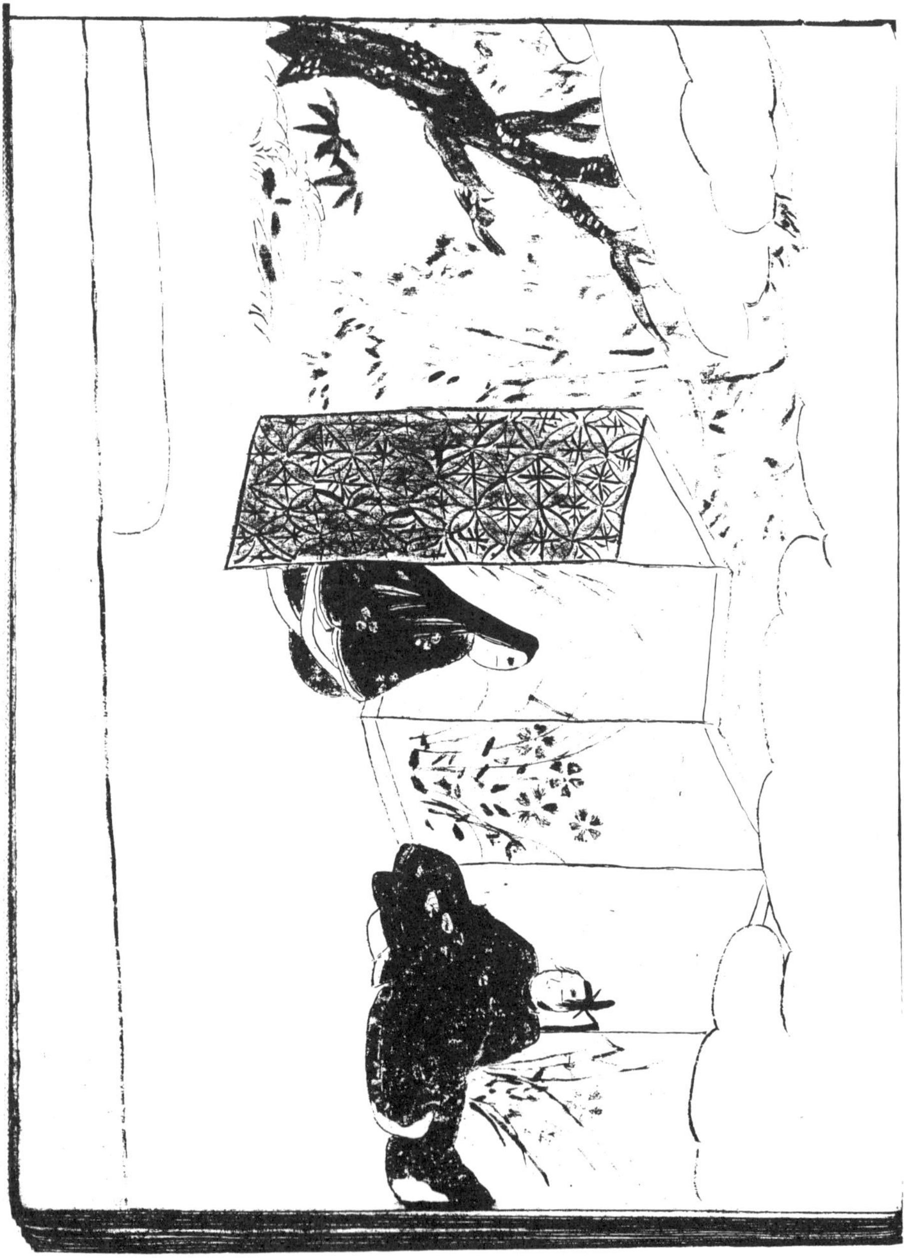

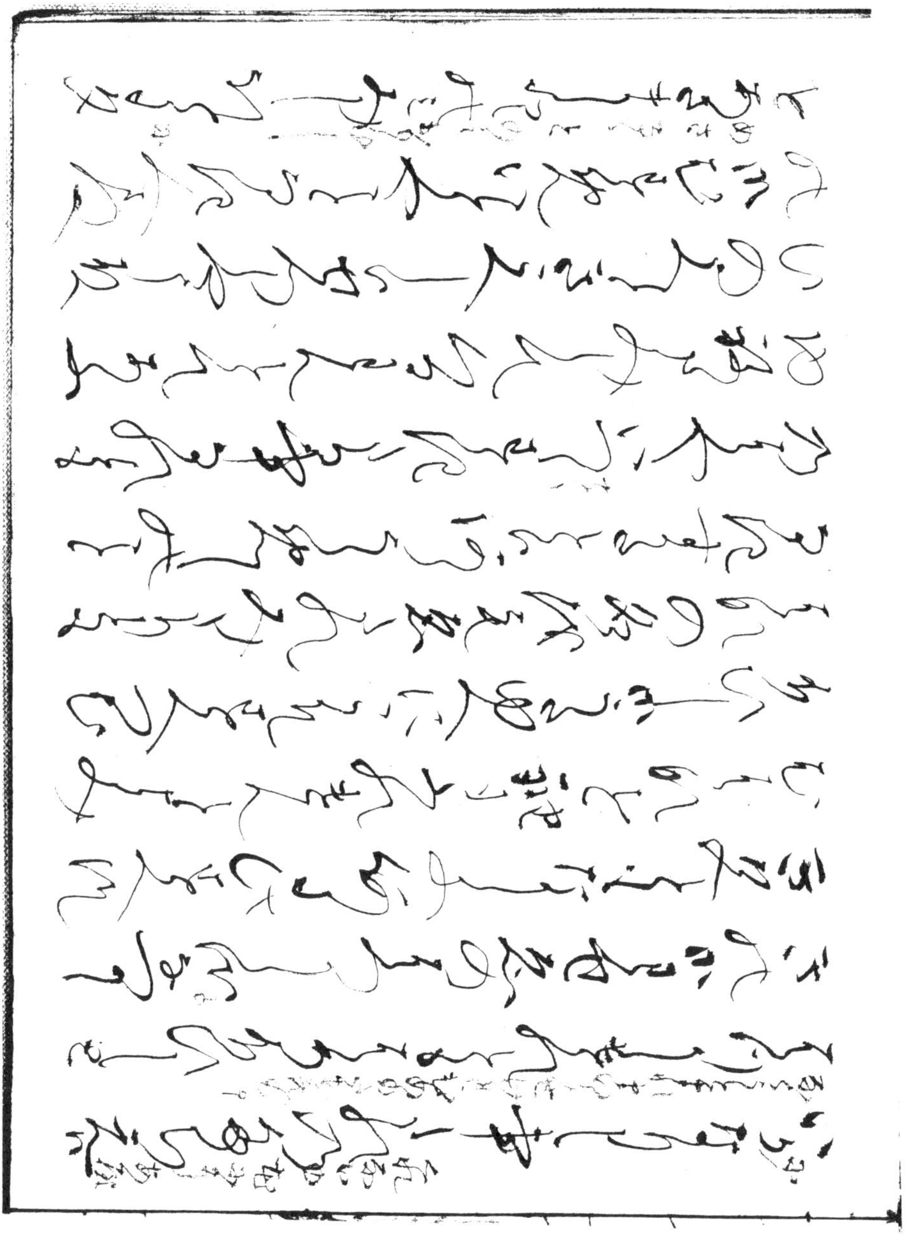

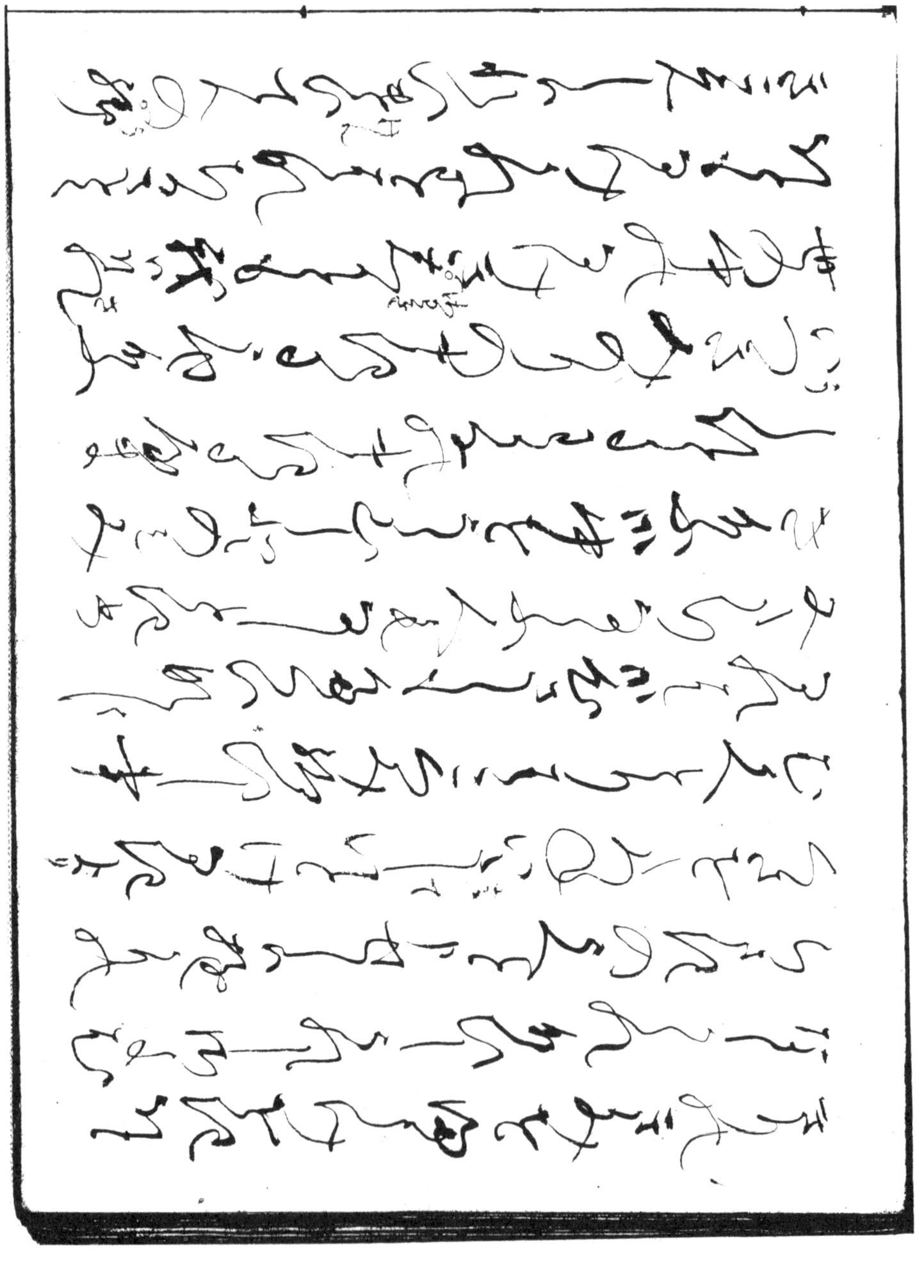

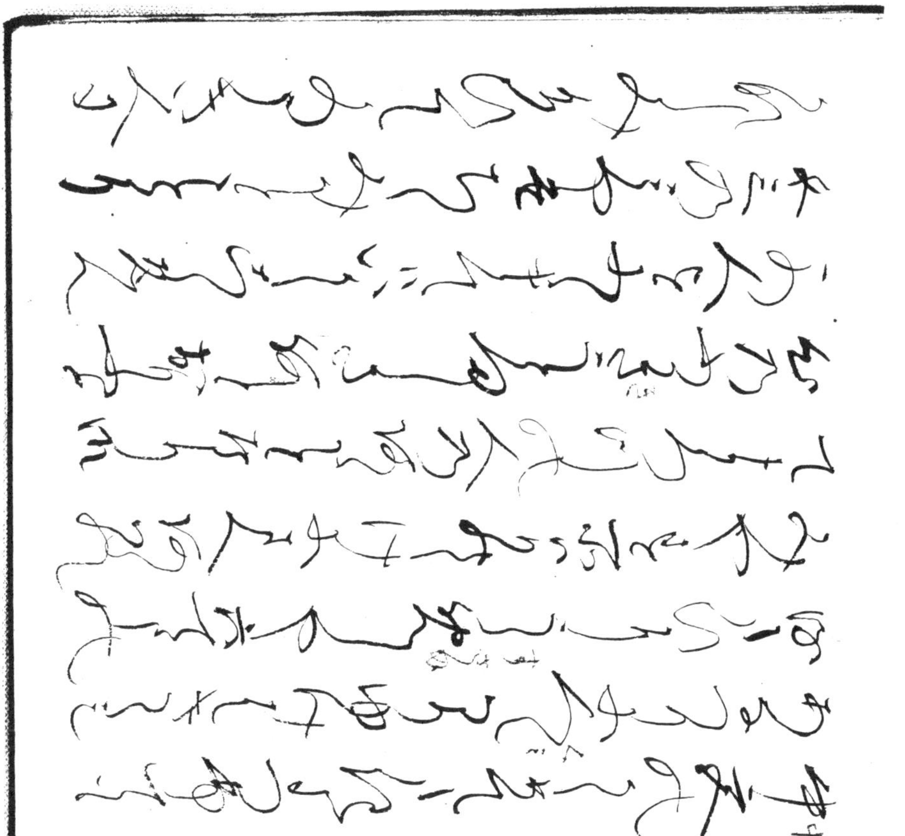

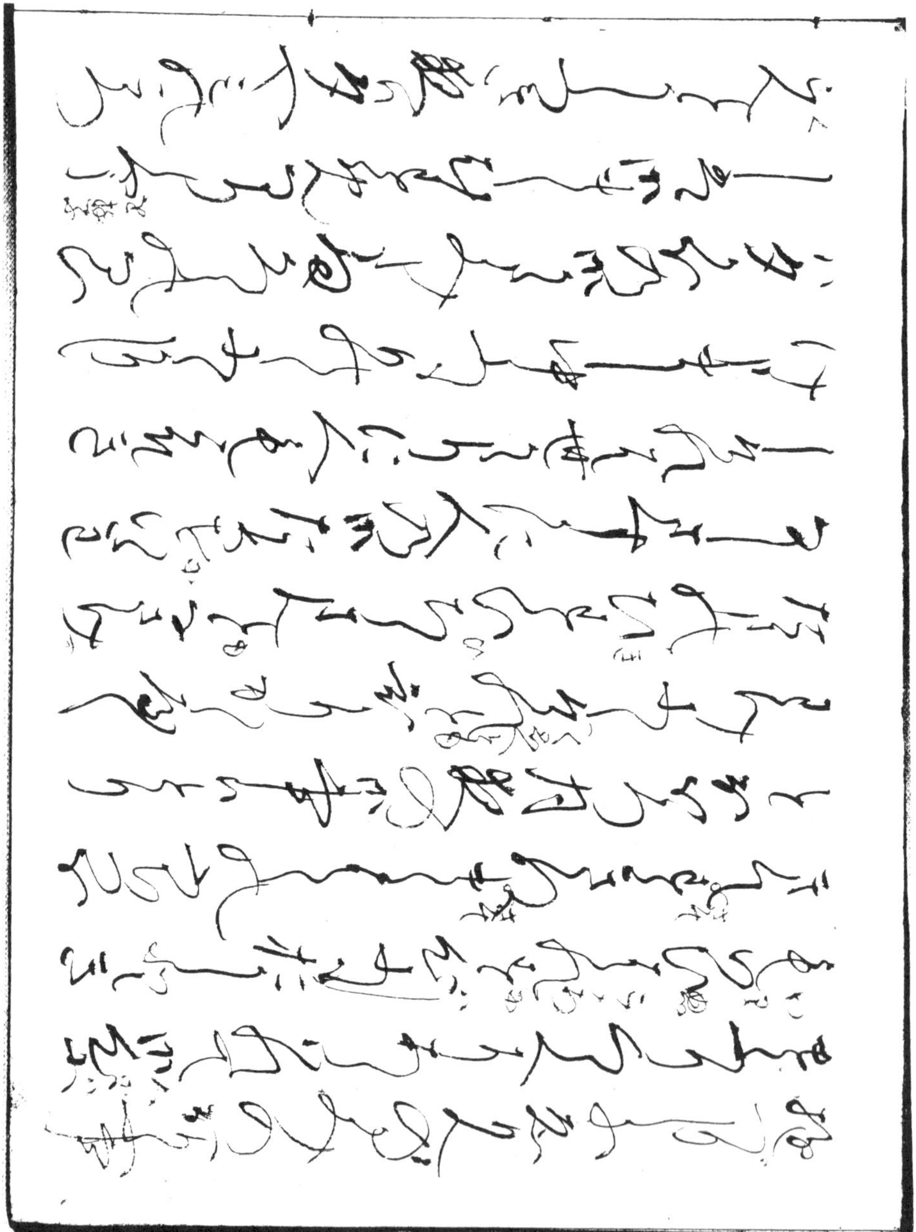

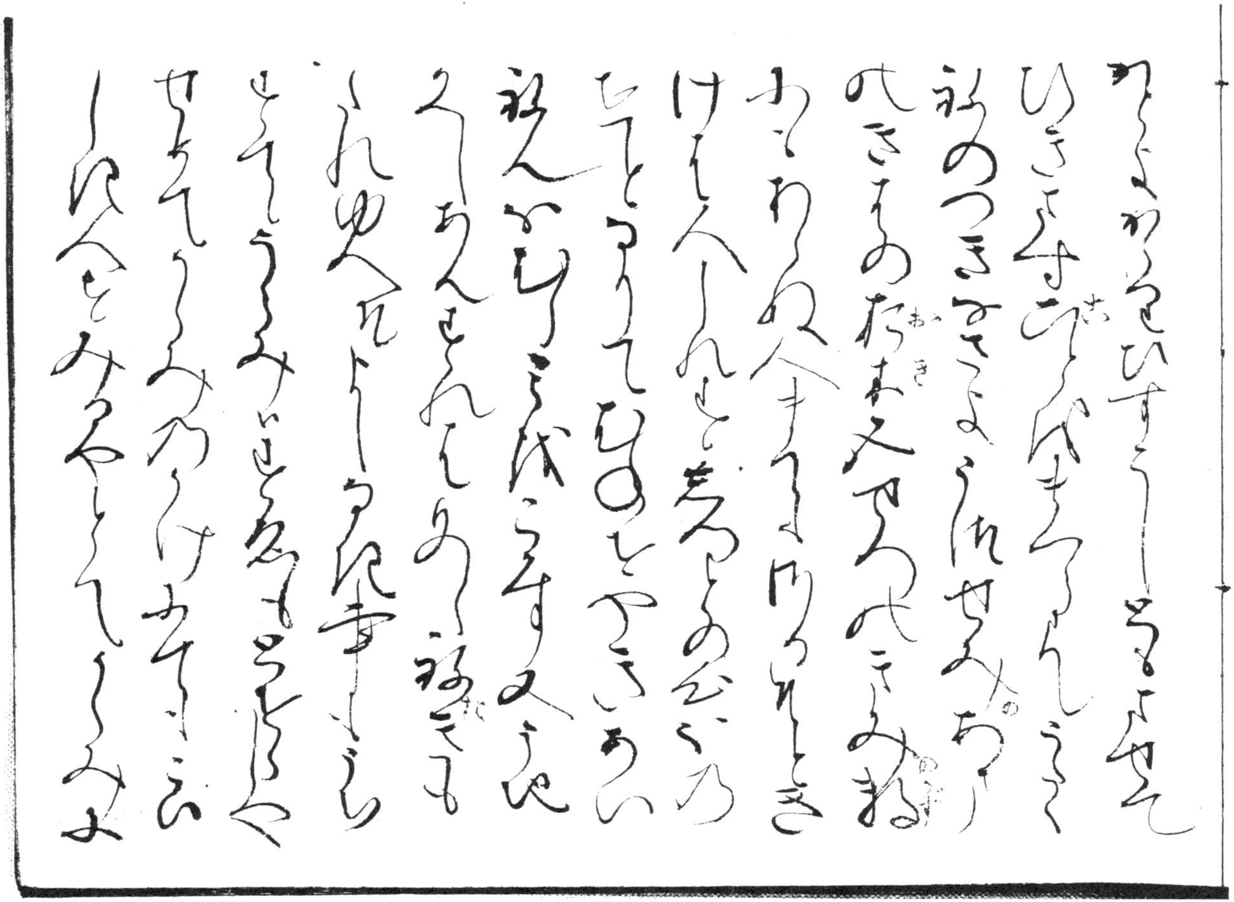

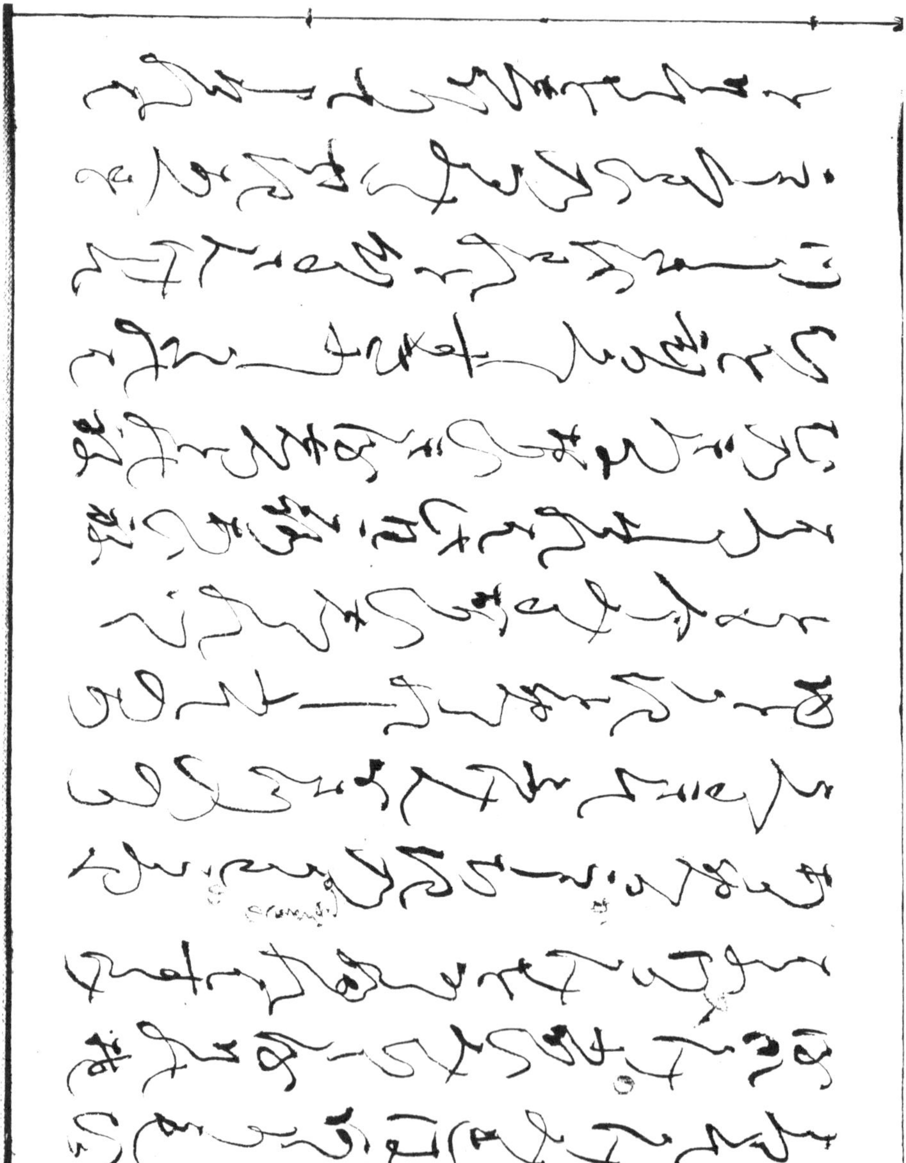

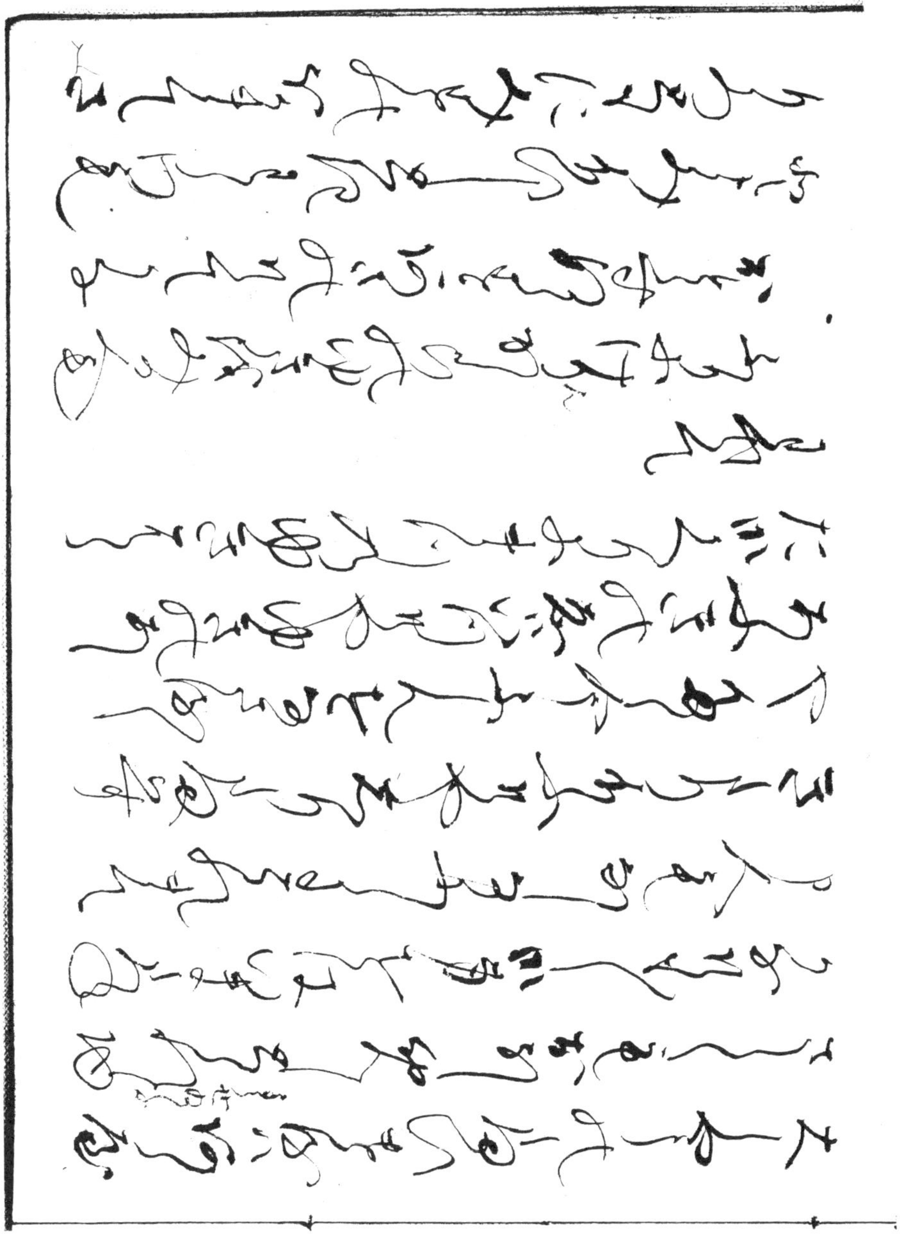

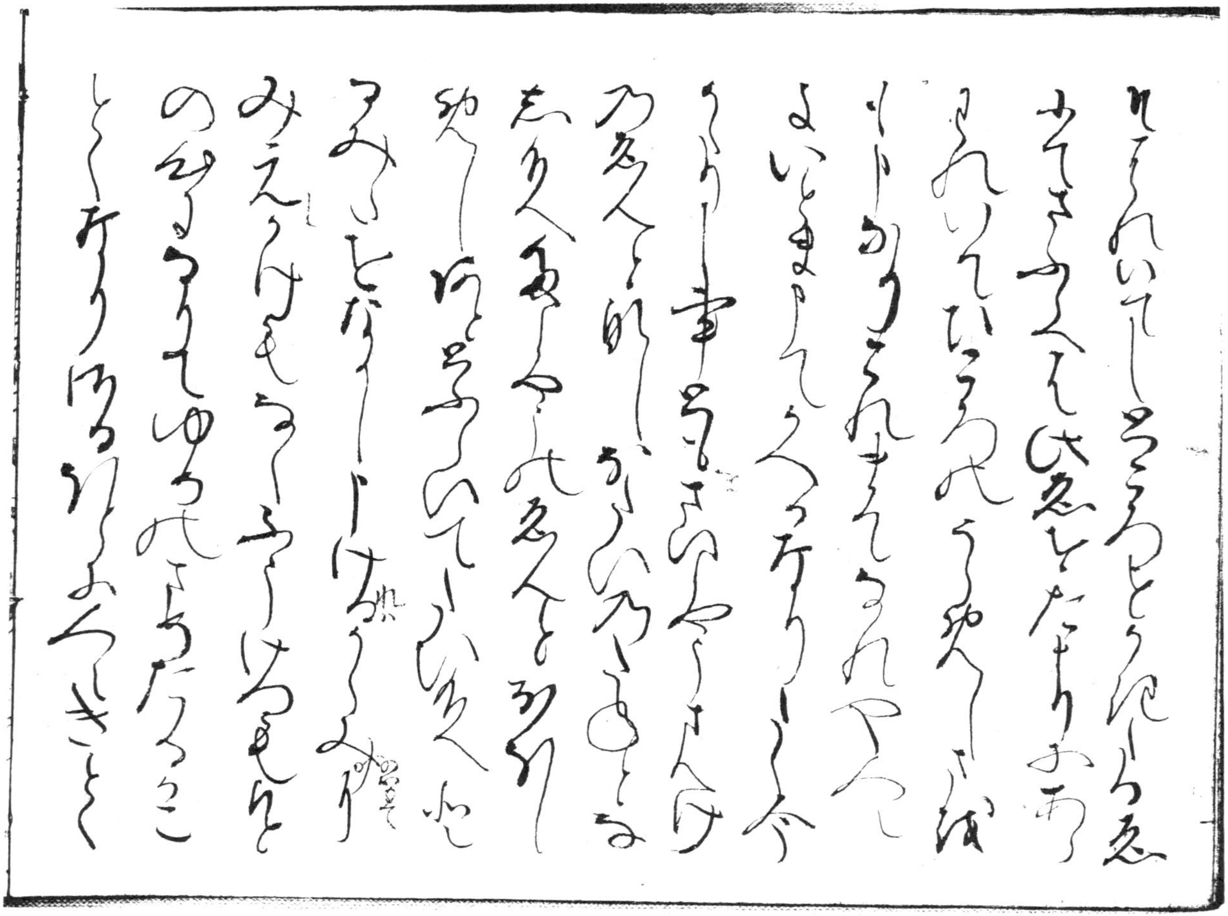

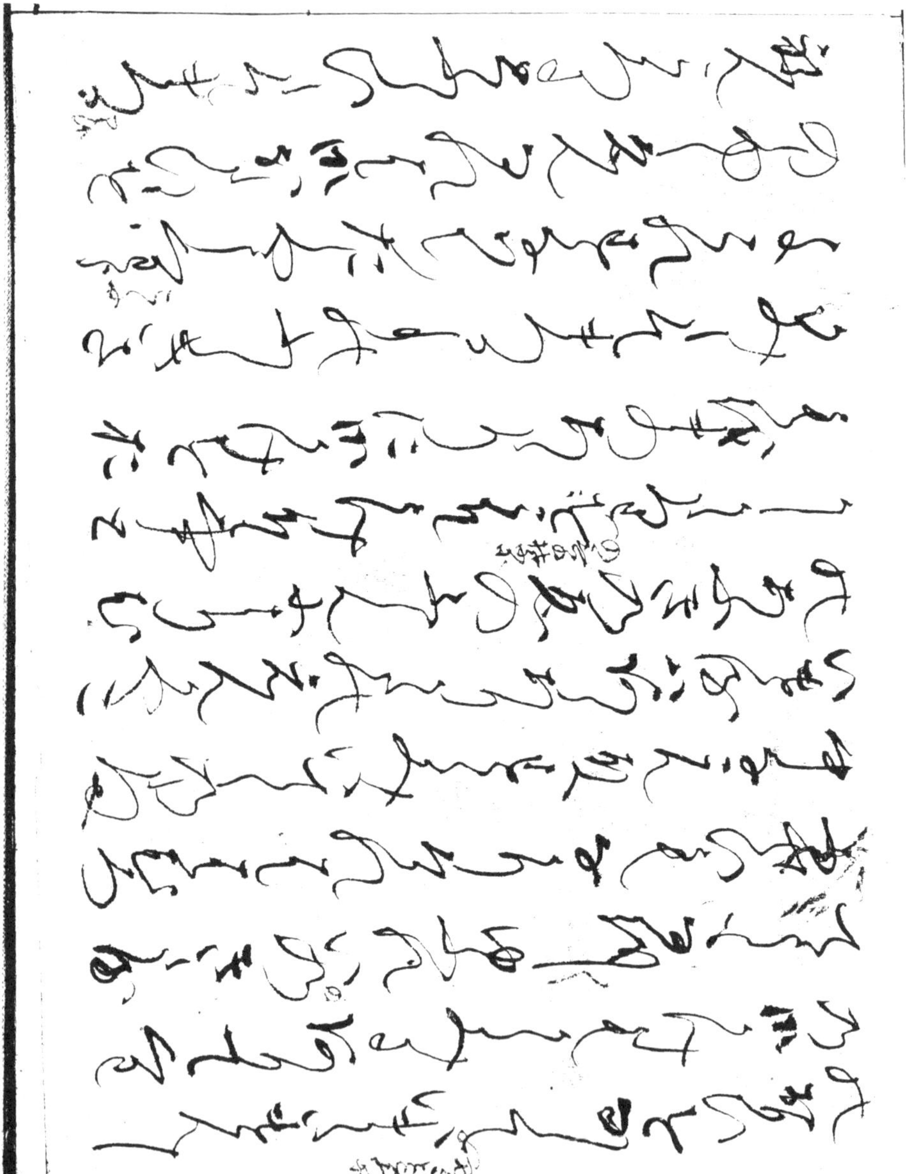

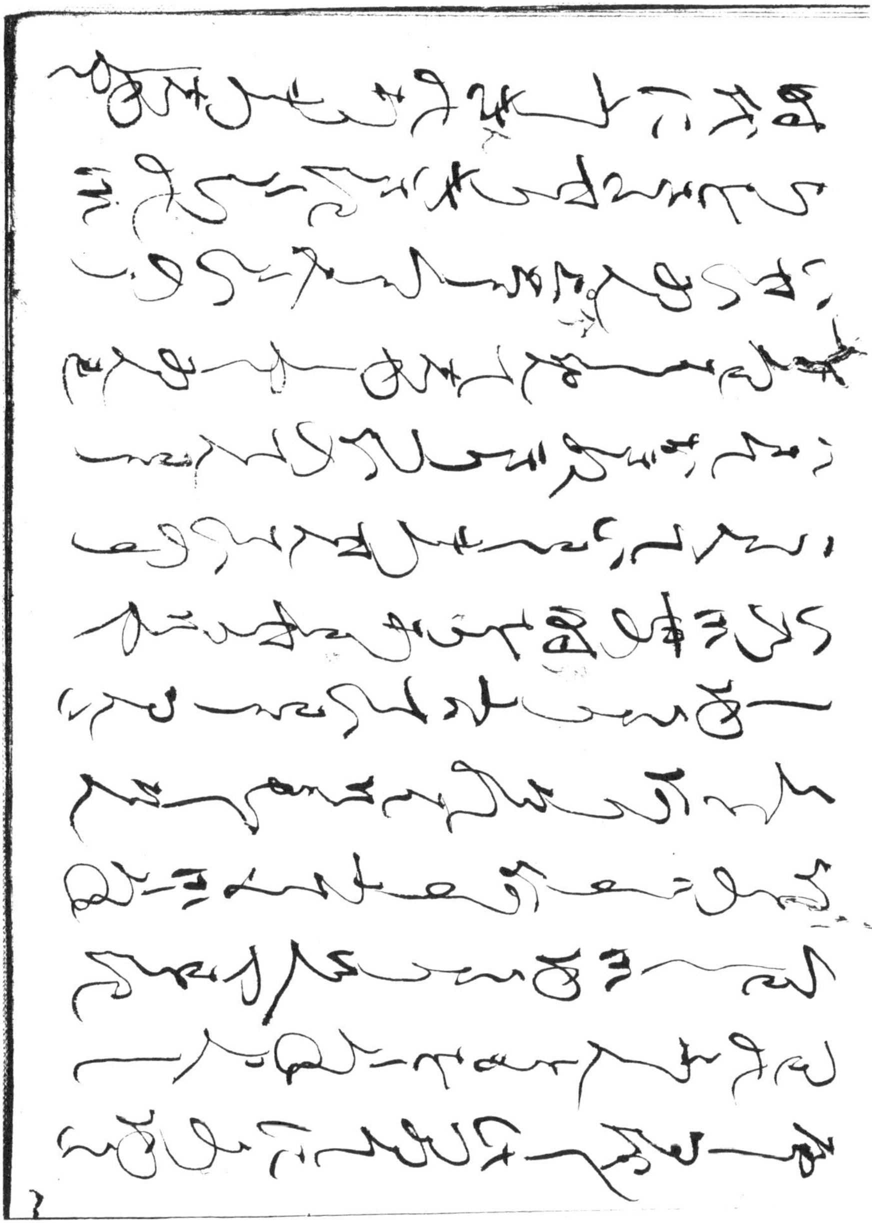

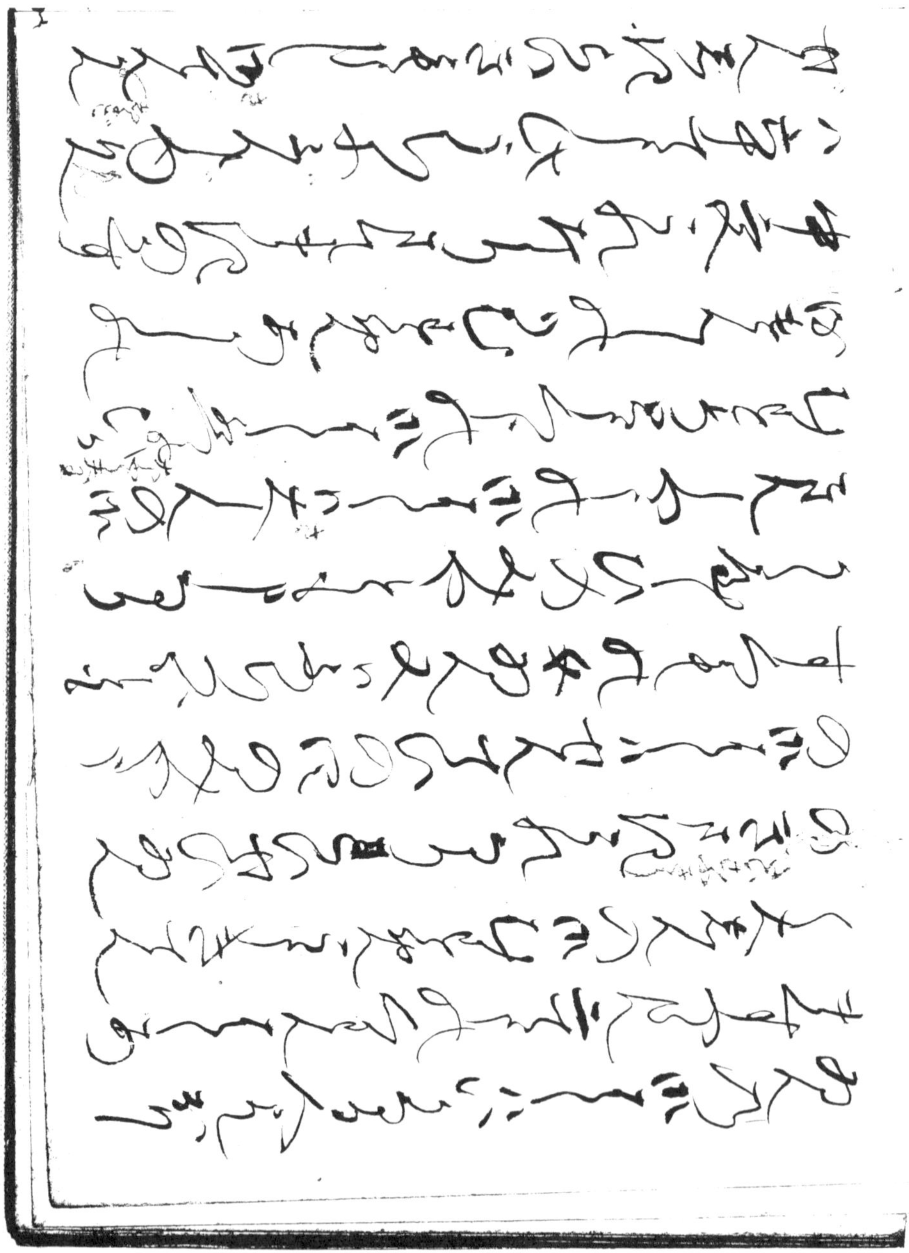

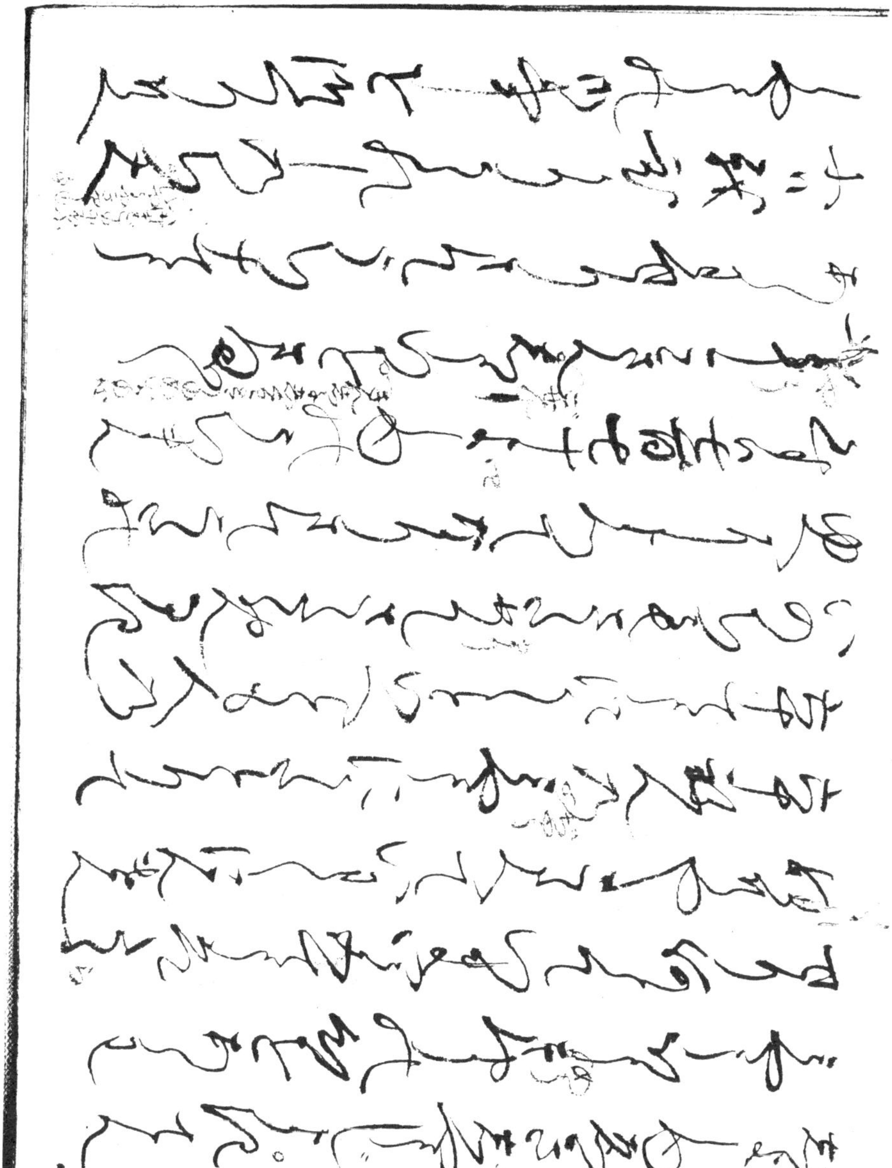

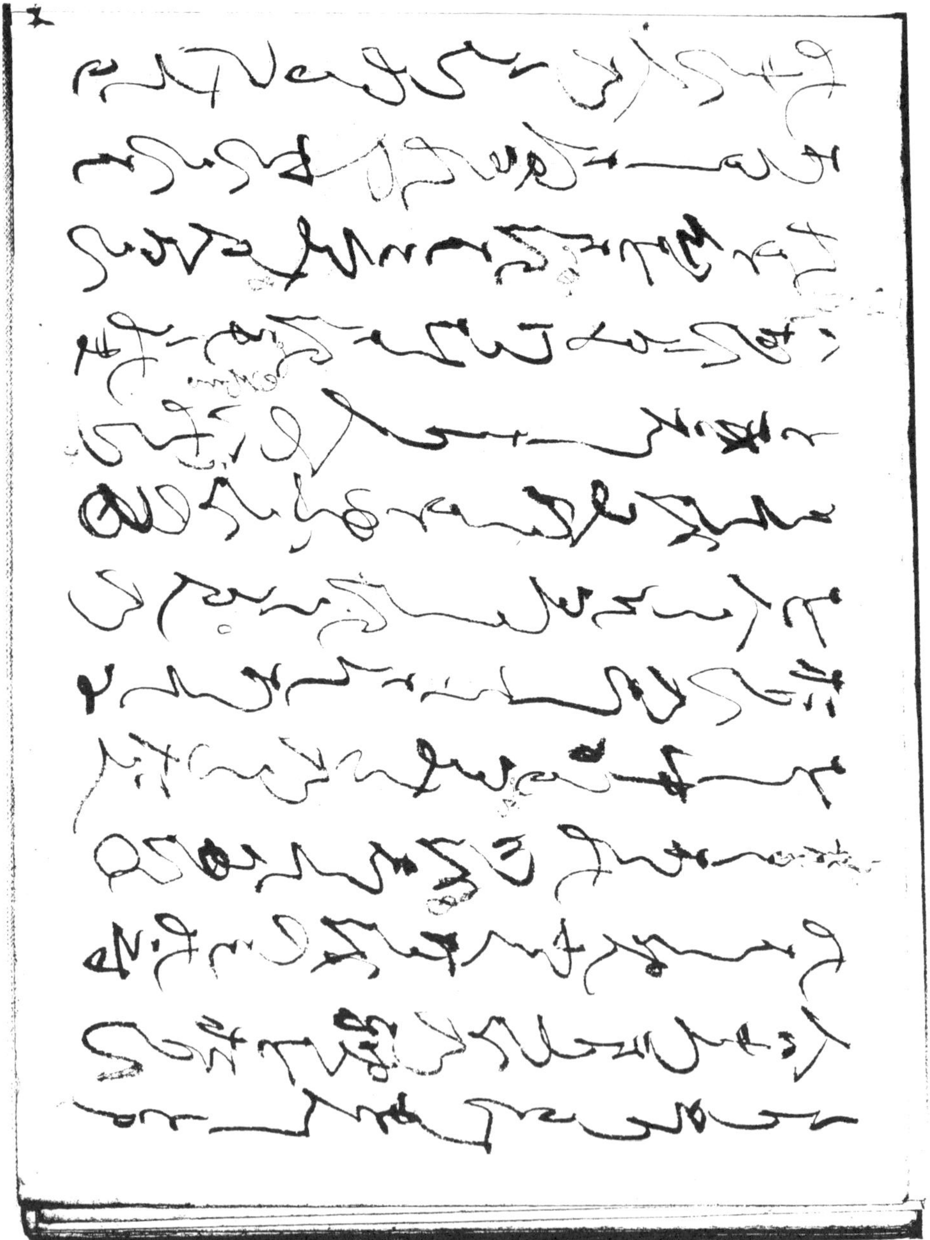

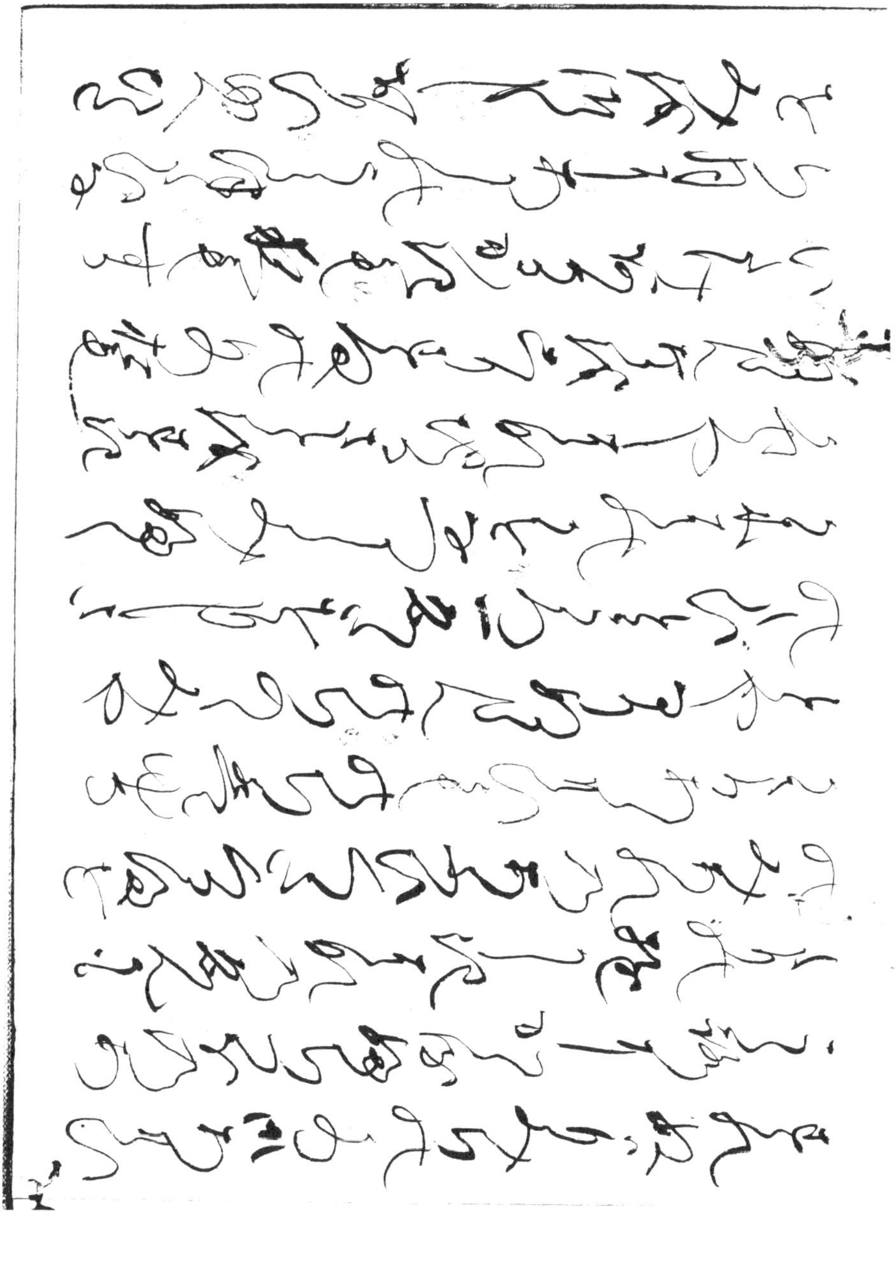

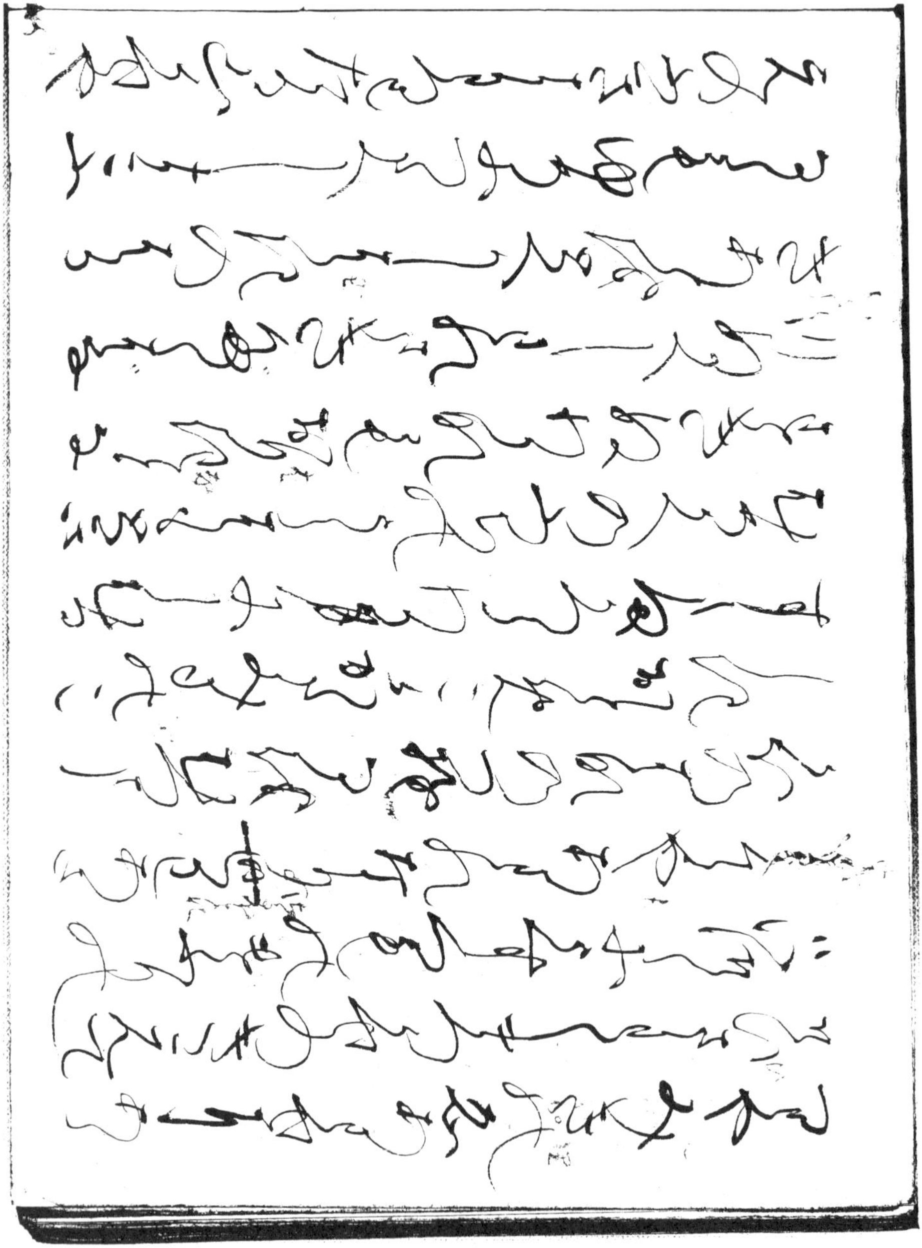

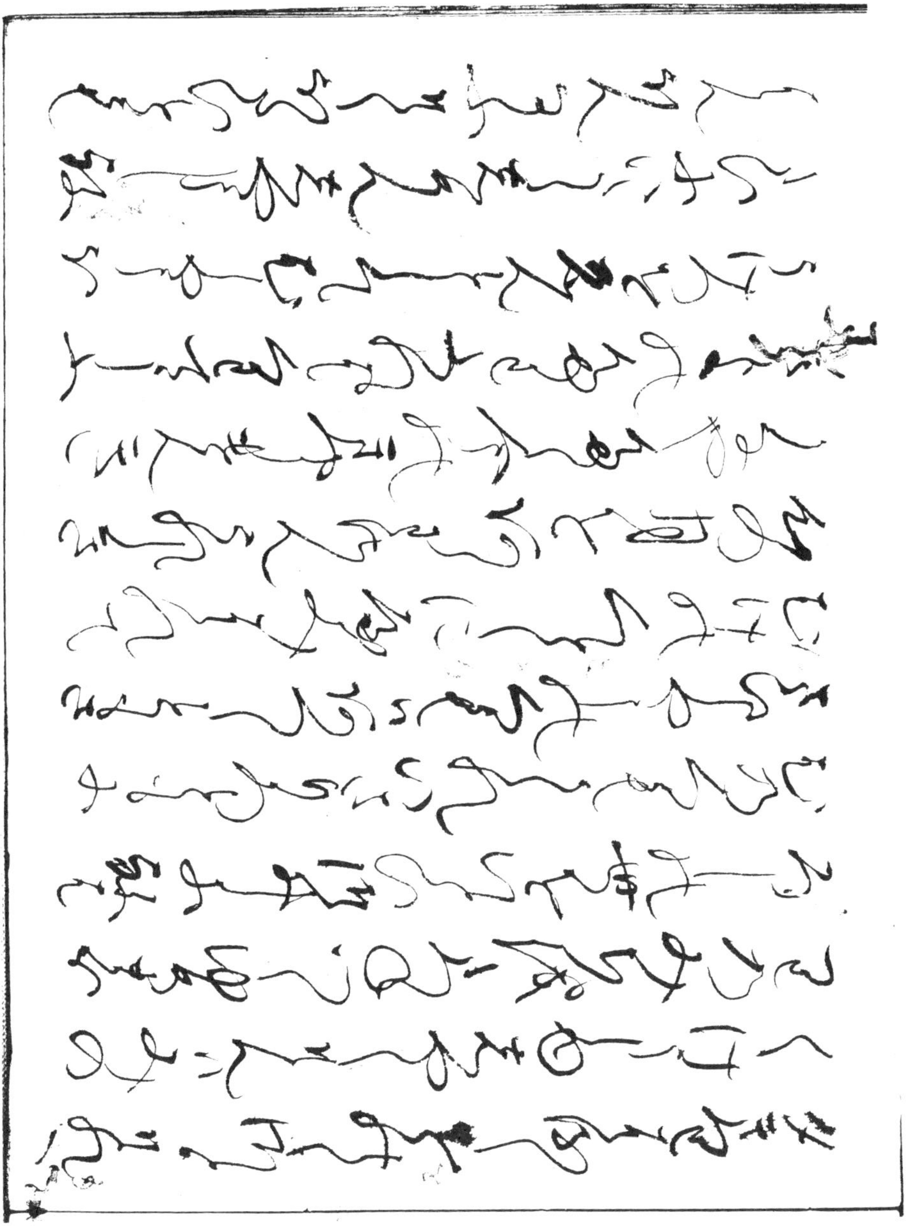

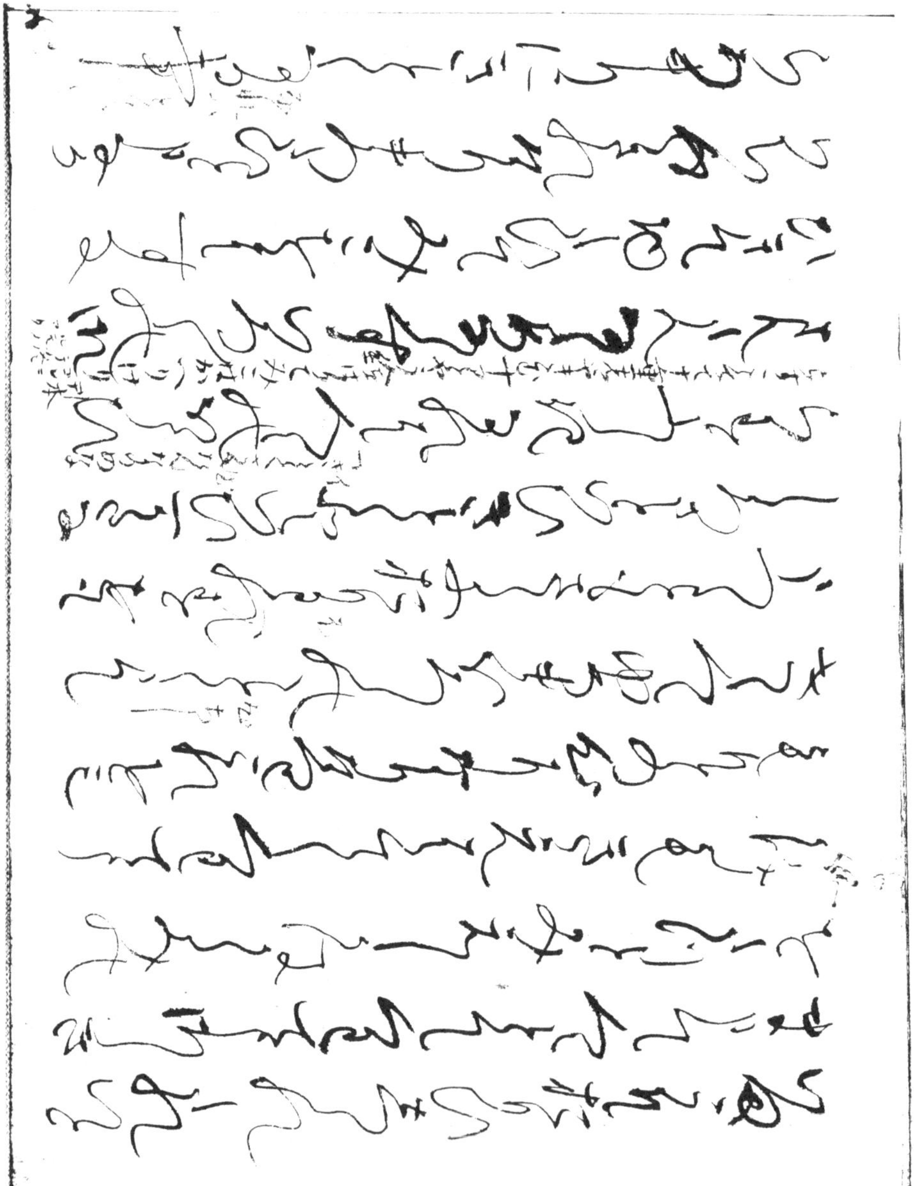

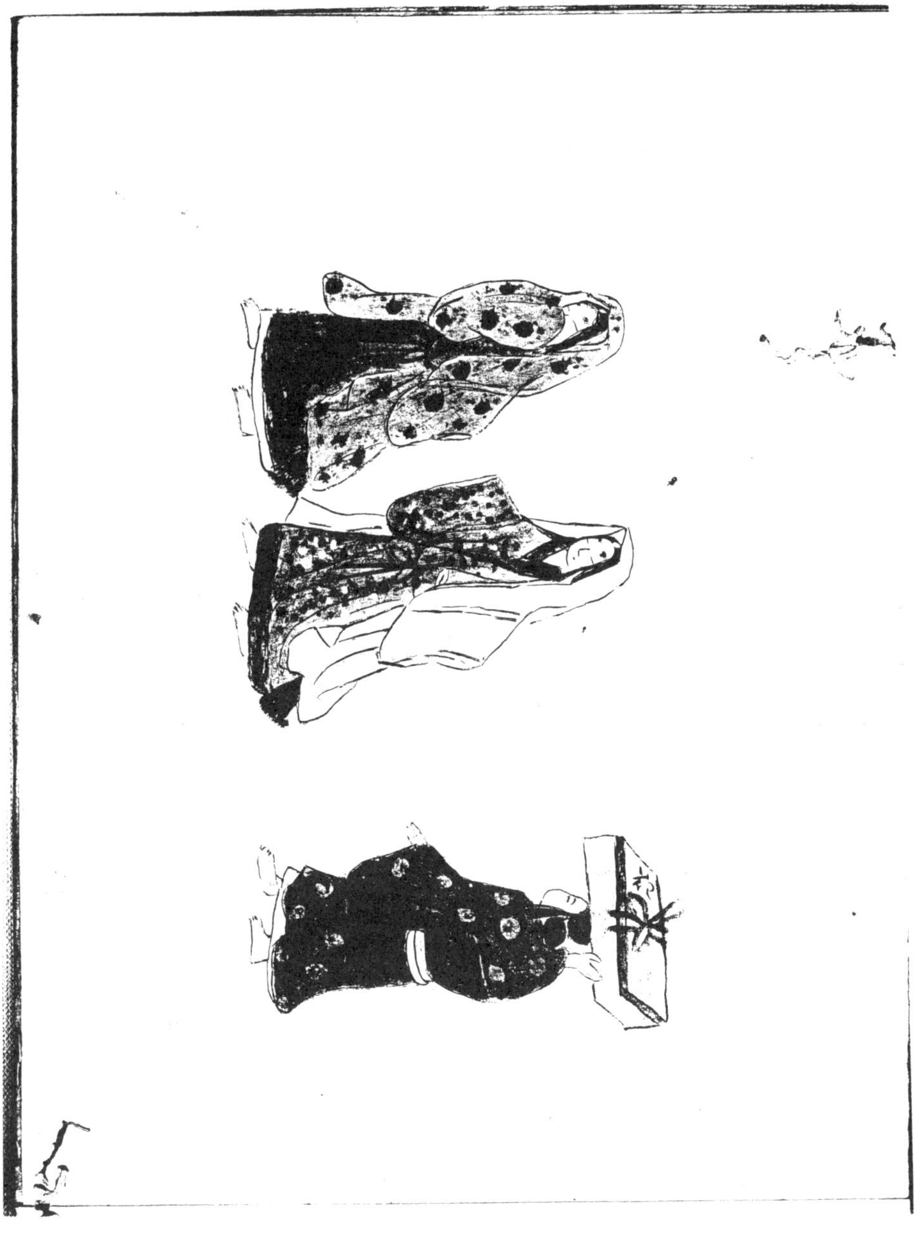

あれしうまきそれかれにと
なりごゝろの身のいとほしゆる
しくわかえてもへしろみ
涙し

右以島澤氏所蔵印本校正之但如彼本非而我本是者及一二句顛倒而不害文義者或字不同而義不異者不在此限也而可難哉者書而無微矣

天保五年甲午六月十四日

蓬莱亭沱江亀寿 識

帝国図書館所蔵に刊本あり また嶋沢氏板本と
も別かなし

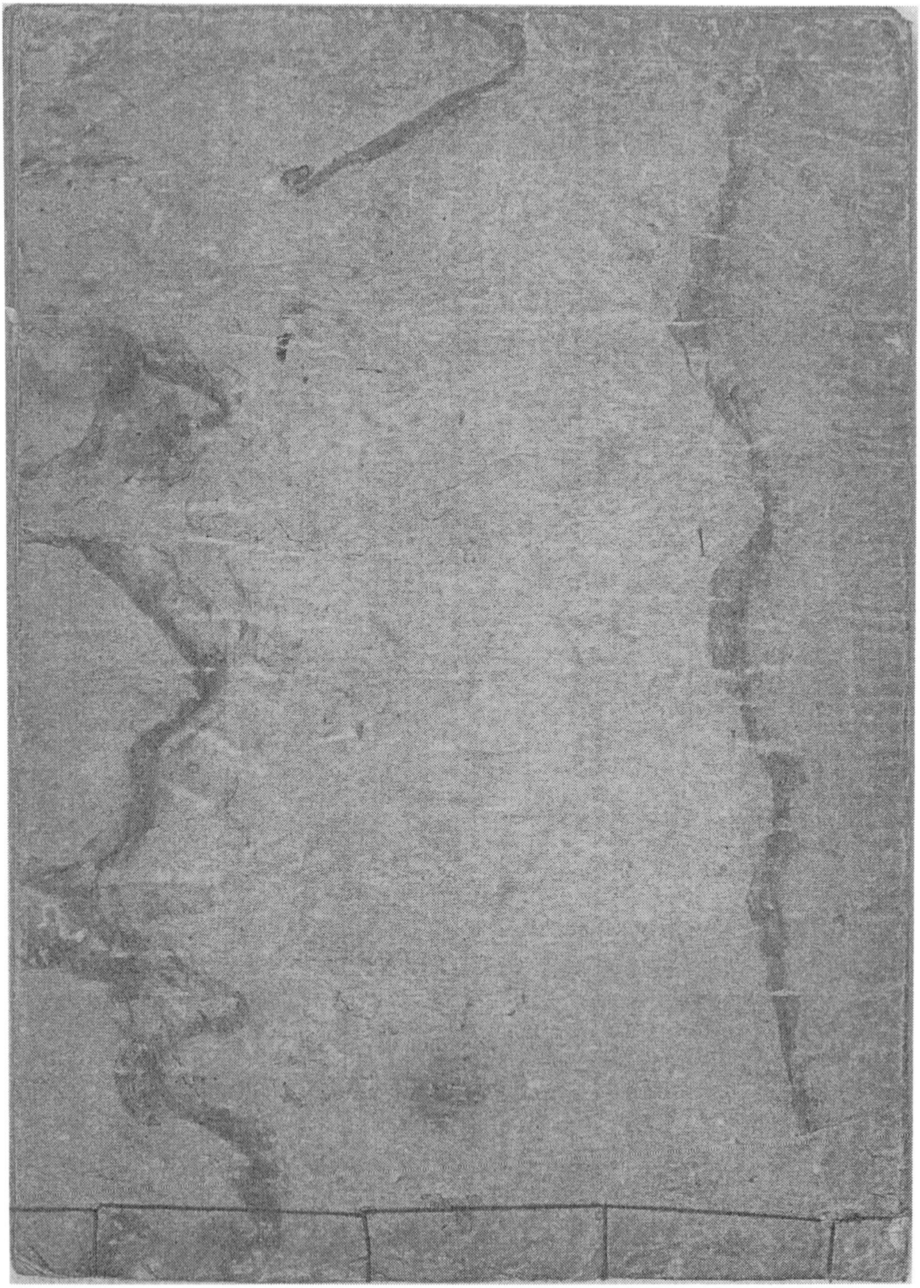

解題

『花鳥風月』は、扇合わせという華やかな場に、巫女姉妹が登場して在原業平と光源氏の霊を呼び出すという、きわめて興味深い作品である。扇合わせや巫女という文化・民俗とも深く関わる作品である。また、『伊勢物語』や『源氏物語』の室町時代の注釈書類とも深く関わることが、徳江元正氏『室町芸能史論攷』（一九八七年、三弥井書店）、拙著『室町物語と古注釈』（二〇〇二年、三弥井書店）等に指摘されている。内容は、以下の通りである。

萩原院の時、葉室中納言邸で扇合わせがあった。山科少将が出した扇に描かれた人物を、在原業平とみるか光源氏とみるか、二つに分かれて争論となった。そこで、花鳥と風月という二人の巫女姉妹に、口寄せをさせて占わせると、業平と源氏等が登場し、描かれた主は源氏であるとわかる。花鳥と風月は褒美を賜った。

なお、『花鳥風月』の伝本は、数多く現存し、系統は大きく三つに分類されている。奈良絵本も、慶應義塾図書館本のように、比較的古く良いものがある。本書は、室町時代末期から江戸時代初期に制作された奈良絵本と同じ古色を有している。

以下に、本書の書誌を簡単に記す。

所蔵、架蔵

形態、袋綴、奈良絵本、一冊

時代、［江戸初期］写

寸法、縦一六・〇糎、横二二・六糎

表紙、打曇表紙

外題、題簽「花鳥風月」

見返、本文共紙

内題、ナシ

料紙、斐楮交漉紙

行数、半葉一三行

字高、約一三・九糎

丁数、墨付本文、三四丁

挿絵、一九頁

室町物語影印叢刊15
花鳥風月
定価は表紙に表示しています。

平成十五年三月二五日　初版一刷発行
編　者　石川　透
発行者　吉田栄治
印刷所エーヴィスシステムズ

発行所　㈱三弥井書店
東京都港区三田三―二―三九
振　替〇〇一九〇―八―二一一二五
電　話〇三―三四五二―八〇六九
FAX〇三―三四五六―〇三四六

ISBN4-8382-7044-5 C3019